语文新课标必读丛书

刘心武／主编

孙犁经典作品选：
白洋淀纪事

孙　犁／著

张丽丽／编

北京出版集团公司
北京教育出版社

图书在版编目（CIP）数据

孙犁经典作品选：白洋淀纪事 / 孙犁著. —北京：
北京教育出版社，2018.5
（语文新课标必读丛书 / 刘心武主编）
ISBN 978-7-5704-0161-1

Ⅰ. ①孙… Ⅱ. ①孙… Ⅲ. ①短篇小说 – 小说集 – 中
国 – 当代②散文集 – 中国 – 当代 Ⅳ. ①I217.2

中国版本图书馆CIP数据核字（2018）第114729号

语文新课标必读丛书
孙犁经典作品选：白洋淀纪事

刘心武 / 主编
孙　犁 / 著

*

北京出版集团公司　出版
北京教育出版社
（北京北三环中路6号）
邮政编码：100120
网址：www.bph.com.cn
北京出版集团公司总发行
全国各地书店经销
永清县晔盛亚胶印有限公司印刷

*

720mm×1000mm　16开本　14印张　200千字
2018年5月第1版　2019年3月第3次印刷

ISBN 978-7-5704-0161-1
定价：25.80元

序言

　　从博客到微博，从文字到图形，当今社会，人们的阅读已经呈现出碎片化和图形化的强烈趋势。同时，随着科技的飞速发展，人们的阅读方式也从纸质阅读逐渐转变向电子阅读，换言之，读"屏"时代在悄悄置换读"纸"时代。一方面，电子产品的流行貌似普及了阅读，在繁华城市的地铁上，经常可以看到人们拿着电子产品聚精会神地阅读；但另一方面，这种碎片化的蜻蜓点水似的阅读除了牵动人们的嘴角和面部神经之外，却已经很难打动人的心灵，触及人的灵魂，它的娱乐性大大超过了审美性。所以，在貌似全民狂欢的阅读里，人们其实离阅读的实质已经渐行渐远……

　　在这个快速消费品盛行的时代，当真正意义上的阅读越来越远离人们生活的时候，人们价值观的确立就面临着严峻的考验，因为阅读对人生正确价值观的确立起着至关重要的作用。甚至可以这样说，一个人的阅读历史就是其价值观形成的历史，阅读的内容与方式决定了其价值观的内容与形成过程。价值观的培养必须从青少年抓起。在青少年的成长过程中，他们的阅读数量与质量决定了其成长的方向与速度。尤其对于正处于学生阶段的孩子们而言，如果仅仅注重考试分数的提升，心灵成长就会滞后，甚至营养价值稀缺或者内容不良的读物则会把他们引上人生的歧途。所以，面对当下浮躁的阅读与人生状态带来的人们价值观崩塌与信仰缺失的大环境，我们重新倡导青少年甚至是成年人阅读世界文学名著，就成为一件迫在眉睫的事情。

日本著名作家村上春树自称只读三十年前的作品，因为缺乏生命力的作品会随着时间流逝而被人遗忘。那些在三十年后仍能看到的作品，无论如何，都或多或少有一些可取之处。如此看来，世界经典文学名著已经经过岁月长河的淘洗，得到历代读者的认可，其传递的价值观、人生观等各种精神品质对青少年的成长大有裨益。

基于这样的时代背景，我们精心策划了这套语文新课标必读丛书。为帮助读者更全面深入地阅读名著，我们做了以下工作：

一、综合考虑文学价值与实际需要，精心选择书目

世界文学名著浩如烟海，每个人都不可能一一阅读。为此，我们根据语文新课标的阅读要求，以及各地区中、高考的考试大纲，再结合学生的阅读能力和水平，从浩如烟海的作品中精心选择书目，以满足学生考试的实用性需要和欣赏文学作品的审美需要，可谓一举两得。

二、制订整体阅读方案，帮助读者深入理解作品

为了帮助读者快速了解每一部名著的主要内容，我们根据阅读名著的读者体验和经验，特地为读者制订一整套的阅读方案，包括对作家生平、作品评价、名著情节、人物关系、重点章节、艺术特色和与作品相关的影视剧的介绍与推荐。这套阅读方案可以帮助读者快速而深刻地了解名著内容，并对名著产生更浓厚的兴趣。

三、精准注释与点评，扫除阅读障碍

为消除国家、文化和时代隔阂，我们根据每部作品的特质有所偏重地进行注释。注释的内容从总体上分为科学知识类，难解字词类，历史、文化、风俗类，地名、人名类等，这就为读者从客观阅读和主观感悟上扫除了阅读障碍，从而能让他们轻松地从名著中汲取营养。与此同时，这些注解和导读在设置上摒弃了功利性，以保证阅读的顺畅和完整，让世界经典文学名著的文学性和经典性得到充分的体现。

四、设置相关栏目，帮助读者深入思考

每一部名著后面都设有"读后感"，这可以帮助读者更好地理解名著的思想内容、情节设置、艺术特色、人物形象等，并得到一定程度的心灵共鸣，获得阅读的满足感。而"读书与思考"栏目则设置了四到五道阅读思考题，并给出答案示例，可以带领读者深入了解名著中的人物形象、情节与思想等，加深对名著的印象，这对学生来说也是一种备考方式。

五、组织专家团队，倾心打造经典书系

在编写过程中，我们邀请了著名作家、高校知名文学研究专家、中小学教育专家，从文学和教育的角度对本套丛书进行审定，致力于把本套丛书打造成中小学生新课标课外阅读读物的首选读本，让中小学生在由各个领域的专家共同制订的阅读方案的帮助下，爱上阅读，学会阅读，扩大阅读视野，提高阅读能力。换言之，这是我们为学生和老师精心制订的一套阅读方案和教学方案。

总之，这是一套审美与实用完美融合的丛书。我们精心策划，只祈望读者于喧嚣浮躁的时代背景下重拾经典，深度阅读，在这套丛书里滋养心灵、陶冶情操，从而建立起更富足的精神世界！当然，因本套

丛书种类多，编辑工作繁复，可能出现百密一疏的情况，敬请读者多提宝贵意见，我们会尽力把工作做得日臻完美。

2016年5月

语文新课标必读丛书

整体阅读方案

只要掌握了一定的阅读方法，明确阅读目的，就可以轻松掌握名著要义，达到阅读目的。阅读名著首先要掌握故事情节和线索，特别是故事的主要情节，这样就把握了故事的核心；其次要了解人物形象和人物关系，把握人物的性格特征及其复杂性。阅读名著时还可以学习名家写作的艺术，从而提高自己的写作水平。了解作家与其作品则可以帮助我们更好地理解名著，达到知人论世的目的，体会阅读的乐趣。

作家与作品

现当代著名小说家、散文家孙犁，生于1913年，卒于2002年，河北省衡水市安平县人，原名孙树勋，"孙犁"是他于1938年开始使用的笔名。

孙犁在1936年任安新县同口镇小学教师时，学校靠近白洋淀，这使他领略了白洋淀地区的自然风光和风土人情，为他后来的文学创作提供了大量的素材。后来，抗日战争改变了他的人生道路。参加抗日工作后，他曾担任冀中抗战学院、华北联合大学、延安鲁迅艺术文学院教员和晋察冀通讯社、《晋察冀日报》、晋察冀边区文联编辑。他经历了抗日战争等革命活动，而白洋淀地区的抗日斗争成了他最重要的创作源泉。

《白洋淀纪事》是孙犁的第一部比较完整的小说、散文选集，具有鲜明的时代特点和风貌，通俗易懂，曾被评为"百年百种优秀中国文学图书"，包括了孙犁从1939年到1950年所写的绝大部分短篇小说、散文、特写、通讯等。其中短篇小说《荷花淀》于1945年在延安《解放日报》上发表后，其如同荷花一样清新独特的艺术风格引起了文坛的广泛关注，其语言质朴、简洁、优美，富于诗情画意，开启了中国"诗化小说"的先河。

孙犁的作品具有浓郁的地方色彩，这种色彩渗透在人物性格、地理环境和风俗民情等各个方面，是构成作品整个生活画面不可分割的内在因素。

孙犁的作品和人格赢得了许多读者及同行的称誉。作家莫言说："按照孙犁的革命资历，他如果稍能入世一点，早就是个大文官了；不，他后半生偏偏远离官场，恪守文人的清高与清贫。这是文坛上的一声绝响，让我们后来人高山仰止。"受惠于孙犁的作家铁凝满怀深情地评论："他的情感深处从未割舍过人民，也从未放弃过最普通的老百姓。"所以，孙犁的清高、淡泊正如他的文字一样，亦是中国文学史上一笔宝贵的财富。

情节简介与重点章节

《白洋淀纪事》包括《芦花荡》《荷花淀》《光荣》《嘱咐》等作品，描写了从抗日战争时期、解放战争时期至土地改革运动时期冀中平原和冀西山区的劳动人民的生产和革命斗争生活。勤劳善良的人民不管自己的条件多么艰苦，也要全心全意支持抗战。《荷花淀》中，以水生嫂为首的进步妇女虽然留恋丈夫，但还是坚决支持他们去参加抗日队伍；《邢兰》中，邢兰家里生活非常贫困，但他毫不犹豫地把当时昂贵的柴火给战士烤火，用弱小的身子组织各种各样的活动支持抗战……作者用充满诗情画意的语言描摹大时代风云变幻的背景下普通农民的喜怒哀乐，以亲切轻柔的笔调表现人民与战士的鱼水深情，让读者深受感染。这些我们可以在以下篇目中领略到。

《荷花淀》▶

抗日战争期间，白洋淀地区一个村里有七个青年瞒着家人报名参军。他们走后过了两天，这些青年的妻子偷偷划船到对面的马庄去看望参军的丈夫。到了才发现，部队在前一天晚上开走了。回家的路上，她们碰到日本鬼子的运输船。她们拼命把小船划进荷花淀里，鬼子却穷追不舍。幸亏一支部队埋伏在荷花淀里，在危险关头救了她们的性命，他们正是新参军的丈夫。青年妇女们在荷花淀伏击战中受到锻炼，后来成立了自己的组织，学会射击，参加了反围剿战斗。

《光荣》▶

秀梅和原生原本是一对青梅竹马的小伙伴，抗日战争时期，秀梅叫伙伴原生去河滩夺了一个逃兵的枪，支持原生参了军。而原生参军后，他的媳妇小五一再表现出落后情绪，整日怨天尤人，并提出与原生离婚，回了娘家。这时，秀梅主动承担下了原生家的活，帮助原生爹娘忙里忙外，并放下了自己找婆家的事情。后来原生立了大功回来，大家为原生开庆功大会，秀梅代表大伙上台讲话。而原生也在父母的告知下明白了事情的来龙去脉，懂得了秀梅的心意。

《正月》▶

大娘的大女儿和二女儿，因为当时家里穷，日子艰难，一个十三岁时被卖给了西张岗的河南挑货郎，一个十四岁时被卖给了东张岗拉宝局的大黑三，日子都过得很凄惨。抗战胜利后，三女儿多儿十八岁，正是找婆家的年龄，母亲和姐姐都为她张罗此事。可她已经和新农会的副主席刘德发两情相悦。为了让多儿不再像当年的自己一样寒碜地出嫁，两个姐姐想着法子给妹妹办嫁妆，可多儿只要了一台新的织布机，高高兴兴地在大伙的吹吹打打声中出了嫁。

◆ 主要人物 ▶

水生嫂：《荷花淀》中最突出的人物。她的性格中既有中国妇女传统的美德，又具有抗日根据地妇女进步的特点。她勤劳能干，织席子又快又好，大部分家务劳动由她承担。她上要侍奉公公，下要养育孩子，是典型的贤妻良母。她温柔体贴，深明大义。丈夫要参军，她非但没有拖丈夫的后腿，还默默地以实际行动支持丈夫。她是孙犁笔下白洋淀妇女的典型代表。

秀梅：《光荣》中描写的正面形象。她是一个性格鲜明的女性，爱憎分明，大胆泼辣。作为根据地农民，她具备中国劳动女性勤劳善良的传统美德；作为村里干部，她又具备新时代的进步思想；作为情窦初开的少女，她有远见卓识，坚贞而美丽，勇敢地追求幸福美满的爱情。其个性鲜明的形象给人留下深刻的印象。

小五：《光荣》中描写的负面形象。孙犁将她与秀梅对比，并着力描写。小五代表了中国农村落后、愚昧的封建顽固思想，她短视自私、游手好闲，不支持丈夫原生抗战，不接受秀梅的教育帮助，只考虑自己的利益。她的行为显然与当时的先进妇女格格不入，所以，最后她落得人人讥讽的下场。

◀ 写作的艺术 ▶

◆ 诗情画意

作者以浓郁的地方语言勾画了白洋淀独具特色的水乡风貌和农民积极开展抗日斗争，保护家园的感人场面。虽然作者是描写抗战斗争，却没有展示枪林弹雨的战争场面，而是用诗情画意的语言描绘了弥漫着水乡气息的生活画卷。比如在《荷花淀》里，孙犁给我们描绘了清秀并散发着幽香的荷花，翠绿茂密的芦苇……使文章充满着诗情画意。

◆ 感情浓郁

孙犁作品里的每一句话都含着对其家乡深深的眷恋和热爱。这种情感是作者长期在生活的激流中逐步培养和积累起来的。这种感情是对故乡的人民、故乡的生活的真挚的热爱，甚至一苇席、一粒沙、一棵草都令人难以忘怀。他把这种浓郁真挚的感情融入语言当中，融入他描绘的生动场景之中，融入他所塑造的人物身上，令人印象深刻。

◀ 阅读启示 ▶

《白洋淀纪事》里的大部分作品，几乎是没有技巧可言的，只是平实地记录作者想要说的故事。作品虽然描写战争，却写得很美，有一种淡淡的诗意。作品写抗战，写土改，对象都是平凡的人，他们纺线织布，砍苇织席，种植粮食……但是，一旦抗战的炮火烧到这里，这些普通人就会行动起来，用弱小的身躯和微薄的力量去支持抗战，保卫自己的家园。这里的人是平凡的，但又是伟大的，有着鼓舞人心的力量。

现在，有些人的物质生活越来越丰富，精神生活却越来越苍白。读这些作品，我们会再次感受这些农民身上淳朴、善良的品质，以及他们在家国面前勇于牺牲自我、大公无私的精神，他们就像荷花淀里的荷花，出淤泥而洁净；像芦苇荡的芦苇，看似柔弱实则韧性十足。读了这些故事，我们的心灵也仿佛受到了一次洗礼，我们会更加珍惜现在的生活，去努力追寻生命的意义。

目录 CONTENTS

芦花荡
——白洋淀纪事之一

夜晚，敌人从炮楼的小窗子里，呆望着这阴森黑暗的大苇塘。天空的星星也像浸在水里，而且要滴落下来的样子。到这样深夜，苇塘里才有水鸟飞动和唱歌的声音，白天它们是紧紧藏到窠里躲避炮火去了。苇子还是那么狠狠地往上钻，目标好像就是天上。（"敌人""炮楼"点明了紧张的战斗气氛，而"星星也像浸在水里"渲染了水的晶莹明澈，星星倒映在水里，随风泛起涟漪，给人要滴落下来的幻觉。美景的旁边是敌人的炮楼，多么不协调哇！但恰恰是这种不协调的存在，让读者感受到如梦如幻的美好景物背后是一触即发的战争，字里行间流露出鲜明的爱憎感情。）

敌人监视着苇塘。他们提防有人给苇塘里的人送来柴米，也提防里面的队伍会跑了出去。我们的队伍还没有退却的意思。可是假如是月明风清的夜晚，人们的眼再尖利一些，就可以看见有一只小船从苇塘里撑出来，在淀里，像一片苇叶，奔着东南去了。半夜以后，小船又漂回来，船舱里装满了柴米油盐，有时还带来一两个从远方赶来的干部。

撑船的是一个将近六十岁的老头子，船是一只尖尖的小船。老头子只穿一件蓝色的破旧短裤，站在船尾巴上，手里拿着一根竹篙。

老头子浑身没有多少肉，干瘦得像老了的鱼鹰。可是那晒得干黑的脸，短短的花白胡子却特别精神，那一对深陷的眼睛却特别明亮。很少见到这样尖利明亮的眼睛，除非是在白洋淀上。（运用准确的外貌描写，用"老了的鱼鹰"这一极富白洋淀地域特点的比喻，将老头子的体态和精神面貌展现了出来，突出了他老当益壮、精明能干的特点，同时也表现出老人的传奇色彩。）

老头子每天夜里在水淀出入，他的工作范围广得很：里外交通，运输粮草，护送干部；而且不带一支枪。他对苇塘里的负责同志说：你什么也靠给我，我什么也靠给水上的能耐，一切保险。

老头子过于自信和自尊。每天夜里，在敌人紧紧封锁的水面上，就像一个没事人，他按照早出晚归捕鱼撒网那股悠闲的心情撑着船，编算着使自己高兴也使别人高兴的事情。

因为他，敌人的愿望就没有达到。

每到傍晚，苇塘里的歌声还是那么响，不像是饿肚子的人们唱的；稻米和肥鱼的香味，还是从苇塘里飘出来。敌人发了愁。

一天夜里，老头子从东边很远的地方回来。弯弯下垂的月亮，浮在水一样的天上。老头子载了两个女孩子回来。孩子们在炮火里滚了一个多月，都发着疟子，昨天跑到这里来找队伍，想在苇塘里休息休息，打打针。

老头子很喜欢这两个孩子：大的叫大菱，小的叫二菱。把她们接上船，老头子就叫她们睡一觉，他说：什么事也没有了，安心睡一觉吧，到苇塘里，咱们还有大米和鱼吃。

孩子们在炮火里一直没安静过，神经紧张得很，一点轻微的声音，闭上的眼就又睁开了。现在又是到了这么一个新鲜的地方，有水有船，荡悠悠的，夜晚的风吹得长期发烧的脸也清爽多了，就更睡不着。

眼前的环境好像是一个梦。在敌人的炮火里滚打，在高粱地里淋着雨过夜，一晚上不知道要过几条汽车路，爬几道沟。发高烧和打寒噤的时候，孩子们也没停下来。一心想：找队伍去呀，找到队伍就好了！

这是冀中区的女孩子，大的不过十五，小的才十三。她俩在家乡的道路上行军，眼望着天边的北斗。她俩看着初夏的小麦黄梢，看着中秋的高粱晒米。雁在她们的头顶往南飞去，不久又向北飞来。她们长大成人了。（将女孩子们的逐渐成长描述得富有生活韵味。庄稼的自然成熟，雁群的南飞北回，诗意盎然地暗喻着时光的流逝。在生活的道路上，由于"眼望着天边的北斗"，所以她们永远不会迷失方向。"北斗"既是实在的景物，同时又是一种暗喻——党的光辉指引。）

小女孩子趴在船边，用两只小手淘着水玩。发烧的手浸在清凉的水里很舒服，她随手就舀了一把泼在脸上，那脸涂着厚厚的泥和汗。她痛痛快快地洗起来，连那短短的头发。大些的轻声吆喝她：

"看你，这时洗脸干什么？什么时候呵，还这么爱干净！"

小女孩子抬起头来，望一望老头子，笑着说：

"洗一洗就精神了！"

老头子说：

"不怕，洗一洗吧，多么俊的一个孩子呀！"

远远有一片阴惨的黄色的光，突然一转就转到她们的船上来。女孩子正在拧着水淋淋的头发，叫了一声。老头子说：

"不怕，小火轮上的探照灯，它照不见我们。"

他蹲下去，撑着船往北绕了一绕。黄色的光仍然向四下里探照，一下照在水面上，一下又照到远处的树林里去了。

老头子小声说：

"不要说话，要过封锁线了！"

小船无声地，但是飞快地前进。当小船和那黑虎虎的小火轮站到一条横线上的时候，探照灯突然照向她们，不动了。两个女孩子的脸照得雪白，紧接着就扫射过一梭机枪。

老头子叫了一声"趴下"，一抽身就跳进水里去，踏着水用两手推着小船前进。大女孩子把小女孩子抱在怀里，倒在船底上，用身子遮盖了她。

子弹吱吱地在她们的船边钻到水里去，有的一见水就爆炸了。

大女孩子负了伤，虽说她没有叫一声也没有哼一声，可是胳膊没有了力量，再也搂不住那个小的，她翻了下去。那小的觉得有一股热热的东西流到自己脸上来，连忙爬起来，把大的抱在自己怀里，带着哭声向老头子喊：

"她挂花了！"

老头子没听见，拼命地往前推着船，还是柔和地说：

"不怕。他打不着我们！"

"她挂了花！"

"谁？"老头子的身体往上蹿了一蹿，随着，那小船很厉害地仄歪了一下。老头子觉得自己的手脚顿时失去了力量，他用手扒着船尾，跟着浮了几步，才又拼命地往前推了一把。

她们已经离苇塘很近。老头子爬到船上去，他觉得两只老眼有些昏花。可是他到底用篙拨开外面一层芦苇，找到了那窄窄的入口。

一钻进苇塘，他就放下篙，扶起那大女孩子的头。

大女孩子微微睁了一下眼，吃力地说：

"我不要紧。快把我们送进苇塘里去吧！"

老头子无力地坐下来，船停在那里。月亮落了，半夜以后的苇塘，有些飒飒的风响。老头子叹了一口气，停了半天才说：

"我不能送你们进去了。"

小女孩子睁大眼睛问：

"为什么呀？"

老头子直直地望着前面说：

"我没脸见人。"（对话描写表现了老头子的英雄性格。他非常有自尊心，本以为万无一失，所以这一次大女孩子受了伤，他就觉得"没脸见人"。这样要脸面，包含一种非常强烈的责任心，对自己要求之严，近于苛刻。）

小女孩子有些发急。在路上也遇见过这样的带路人，带到半路上就不愿带了，叫人为难。她像央告那老头子：

"老同志，你快把我们送进去吧，你看她流了这么多血，我们要找医生给她裹伤呀！"

老头子站起来，拾起篙，撑了一下。那小船转弯抹角钻入了苇塘的深处。

这时，那受伤的才痛苦地哼哼起来。小女孩子安慰她，又好像是抱怨，一路上多么紧张，也没怎样，谁知到了这里，反倒……一声一声像连珠箭，射穿老头子的心。他没法解释：大江大海过了多少，为什么这一次的任务，偏偏没有完成？自己没儿没女，这两个孩子多么叫人喜爱？自己平日夸下口，这一次带着挂花的人进去，怎么张嘴说话？这老脸呀！他叫着大菱说：

"他们打伤了你，流了这么多血，等明天我叫他们十个人流血！"

两个孩子全没有答言，老头子觉得受了轻视。他说：

"你们不信我的话，我也不和你们说。谁叫我丢人现眼，打牙跌嘴呢！可是，等到天明，你们看吧！"

小女孩子说：

"你这么大年纪了，还能打仗？"

老头子狠狠地说：

"为什么不能？我打他们不用枪，那不是我的本事。愿意看，明天来看吧！二菱，明天你跟我来看吧，有热闹哩！"

第二天，中午的时候，非常闷热。一轮红日当天，水面上浮着一层烟气。小火轮开得离苇塘远一些，鬼子们又偷偷地爬下来洗澡了。十几个鬼子在水里泅着，日本人的水式真不错。水淀里没有一个人影，有只一团白绸子样的水鸟，也躲开鬼子往北飞去，落到大荷叶下面歇凉去了。（在作者笔下，战斗也如诗如画。对老头子智斗鬼子的描写，起初用"一轮红日当天，水面上浮着一层烟气"写天热，再用水鸟衬人，连鸟都躲着鬼子，烘托出紧张的气氛，为下文的战斗做好铺垫。）从荷花淀里却撑出一只小船来。一个干瘦的老头子，只穿一条破短裤，站在船尾巴上，有一篙没一篙地撑着，两只手却忙着剥那又肥又大的莲蓬，一个一个投进嘴里去。

他的船头上放着那样大的一捆莲蓬，是刚从荷花淀里摘下来的。不到白洋淀，哪里去吃这样新鲜的东西？来到白洋淀上几天了，鬼子们也还是望着荷花淀瞪眼。他们冲着那小船吆喝，叫他过来。

老头子向他们看了一眼，就又低下头去，还是有一篙没一篙地撑着船，剥着莲蓬。船却慢慢地冲着这里来了。

小船离鬼子还有一箭之地，好像老头子才看出洗澡的是鬼子，只一篙，小船溜溜转了一个圆圈，又回去了。鬼子们拍打着水追过去，老头子张皇失措，船却走不动，鬼子紧紧追上了他。

眼前是几根埋在水里的枯木桩子，日久天长，也许人们忘记这是为什么埋的了。这里的水却是镜一样平，蓝天一般清，拉长的水草在水底轻轻地浮动。鬼子们追上来，看看就扒上了船。老头子又是一篙，小船旋风一样绕着鬼子们转，莲蓬的清香，在他们的鼻子尖上扫过。鬼子们像是玩着捉迷藏，乱转着身子，抓上抓下。

一个鬼子尖叫了一声，就蹲到水里去。他被什么东西狠狠咬了一口，是一只锋利的钩子穿透了他的大腿。别的鬼子吃惊地往四下里一散，每个人的腿肚子也就挂上了钩。他们挣扎着，想摆脱那毒蛇一样的钩子。那替女孩子报仇的钩子却全找到腿上来，有的两个，有的三个。鬼子们痛得鬼叫，可是再也不敢动弹了。

老头子把船一撑来到他们的身边，举起篙来砸着鬼子们的脑袋，像敲打顽固的老玉米一样。

他狠狠地敲打，向着苇塘望了一眼。在那里，鲜嫩的芦花，一片展开的紫色的丝绒，正在迎风飘撒。

在那苇塘的边缘，芦花下面，有一个女孩子，她用密密的苇叶遮掩着身子，看着这场英雄的行为。

➤ 赏 读

孙犁是中国文学史上的清才，其文辞清句丽，为一时小说家之选。《芦花荡》与《荷花淀》是姊妹篇，文笔婉约而流畅。虽然《芦花荡》写的是残酷的战争环境里的人和事，但读来绝没有"凄凄、惨惨、戚戚"的描绘，就连那个大女孩子受伤后的几声呻吟，也被轻轻一笔带过去了。文章高昂浓重地传达出来的，是一种战胜敌人的坚定信念和乐观精神。文章主要描写了一个老英雄，也让读者联想到苇塘里坚持抗战的队伍，他们不怕艰险，豪迈乐观，斗志昂扬。在敌后抗日根据地，男女老少都发动起来了。深入一层，读者可以感知到，英雄的中国人民是不可征服的，中国人民是英雄的人民。

通过阅读《芦花荡》，我们还能充分体会到孙犁小说创作的鲜明特色——景随情移、情景相生。即使在残酷的战争背景下，作者仍然以沉静从容的姿态抒写白洋淀的美丽风光，细心地雕刻白洋淀人民心灵的塑像。本文的景物描写，不光是一种点缀，而且蕴含了深远的寄寓。其处处与战争环境和人物的心境相谐，不仅渲染了故事的气氛，也给文章增添了一种诗情画意，构成情景交融的艺术境界，增强了文章的感染力。

第1课：中考名著常考
考点归纳与解析1-1

荷花淀
——白洋淀纪事之二

月亮升起来，院子里凉爽得很，干净得很，白天破好的苇眉子潮润润的，正好编席。女人坐在小院当中，手指上缠绞着柔滑修长的苇眉子。苇眉子又薄又细，在她怀里跳跃着。

要问白洋淀有多少苇地？不知道。每年出多少苇子？不知道。只晓得，每年芦花飘飞苇叶黄的时候，全淀的芦苇收割，垛起垛来，在白洋淀周围的广场上，就成了一条苇子的长城。女人们在场里院里编着席。编成了多少席？六月里，淀水涨满，有无数的船只，运输银白雪亮的席子出口，不久，各地的城市村庄，就全有了花纹又密、又精致的席子用了。大家争着买：

"好席子，白洋淀席！"

这女人编着席。不久在她的身子下面，就编成了一大片。她像坐在一片洁白的雪地上，也像坐在一片洁白的云彩上。她有时望望淀里，淀里也是一片银白世界。水面笼起一层薄薄透明的雾，风吹过来，带着新鲜的荷叶荷花香。

（平平常常的劳动场景，被作者用诗一般的语言描绘成了一幅可观、可嗅、可感的清丽画面。读来令人心旷神怡，也带入了作者对家乡芦苇的热爱之情——将芦苇比喻成纯洁美丽的白雪、白云，升华了劳动的境界。）

但是大门还没关，丈夫还没回来。

很晚丈夫才回来了。这年轻人不过二十五六岁，头戴一顶大草帽，上身穿一件洁白的小褂，黑单裤卷过了膝盖，光着脚。他叫水生，小苇庄的游击组

长，党的负责人。今天领着游击组到区上开会去来。女人抬头笑着问：

"今天怎么回来得这么晚？"站起来要去端饭。水生坐在台阶上说：

"吃过饭了，你不要去拿。"

女人就又坐在席子上。她望着丈夫的脸，她看出他的脸有些红涨，说话也有些气喘。她问：

"他们几个哩？"

水生说：

"还在区上。爹哩？"

女人说：

"睡了。"

"小华哩？"

"和他爷爷去收了半天虾篓，早就睡了。他们几个为什么还不回来？"

水生笑了一下。女人看出他笑得不像平常。

"怎么了，你？"

水生小声说：

"明天我就到大部队上去了。"

女人的手指震动了一下，想是叫苇眉子划破了手，她把一个手指放在嘴里吮了一下。（这里有两个细节，一是"震动"，二是"吮"。水生嫂因为心里的颤动导致手被划破了，又因为坚强明理的品格立刻又稳定了心神，一震一吮，耐人寻味，折射出人性美的光辉。）水生说：

"今天县委召集我们开会。假若敌人再在同口安上据点，那和端村就成了一条线，淀里的斗争形势就变了。会上决定成立一个地区队。我第一个举手报了名的。"

女人低着头说：

"你总是很积极的。"

水生说：

"我是村里的游击组长，是干部，自然要站在头里，他们几个也报了名。他们不敢回来，怕家里的人拖尾巴。公推我代表，回来和家里人们说一说。他们全觉得你还开明一些。"

女人没有说话。过了一会，她才说：

"你走，我不拦你，家里怎么办？"

水生指着父亲的小房叫她小声一些。说：

"家里，自然有别人照顾。可是咱的庄子小，这一次参军的就有七个。庄上青年人少了，也不能全靠别人，家里的事，你就多做些，爹老了，小华还不顶事。"

女人鼻子里有些酸，但她并没有哭。只说：

"你明白家里的难处就好了。"

水生想安慰她。因为要考虑准备的事情还太多，他只说了两句：

"千斤的担子你先担吧，打走了鬼子，我回来谢你。"

说罢，他就到别人家里去了，他说回来再和父亲谈。

鸡叫的时候，水生才回来。女人还是呆呆地坐在院子里等他，她说：

"你有什么话嘱咐嘱咐我吧。"

"没有什么话了，我走了，你要不断进步，识字，生产。"

"嗯。"

"什么事也不要落在别人后面！"

"嗯，还有什么？"

"不要叫敌人汉奸捉活的。捉住了要和他拼命。"这才是那最重要的一句，女人流着眼泪答应了他。

第二天，女人给他打点好一个小小的包裹，里面包了一身新单衣，一条新毛巾，一双新鞋子。那几家也是这些东西，交水生带去。一家人送他出了门。父亲一手拉着小华，对他说：

"水生，你干的是光荣事情，我不拦你，你放心走吧。大人孩子我给你照顾，什么也不要惦记。"

全庄的男女老少也送他出来，水生对大家笑一笑，上船走了。

女人们到底有些藕断丝连。过了两天，四个青年妇女集在水生家里来，大家商量：

"听说他们还在这里没走。我不拖尾巴，可是忘下了一件衣裳。"

"我有句要紧的话得和他说说。"

水生的女人说：

"听他说鬼子要在同口安据点……"

"哪里就碰得那么巧，我们快去快回来。"

"我本来不想去，可是俺婆婆非叫我再去看看他，有什么看头啊！"

（这几句"此地无银三百两"的话非常具有人情味，质朴简明，但又内涵丰富。作者通过这些生活化的人物语言，含蓄而又委婉地表现了女人们想去看丈夫又遮遮掩掩的害羞心理。）

于是这几个女人偷偷坐在一只小船上，划到对面马庄去了。

到了马庄，她们不敢到街上去找，来到村头一个亲戚家里。亲戚说："你们来得不巧，昨天晚上他们还在这里，半夜里走了，谁也不知开到哪里去。你们不用惦记他们，听说水生一来就当了副排长，大家都是欢天喜地的……"

几个女人羞红着脸告辞出来，摇开靠在岸边上的小船。现在已经快到晌午了，万里无云，可是因为在水上，还有些凉风。这风从南面吹过来，从稻秧上苇尖吹过来。水面没有一只船，水像无边的跳荡的水银。

几个女人有点失望，也有些伤心，各人在心里骂着自己的狠心贼。可是青年人，永远朝着愉快的事情想，女人们尤其容易忘记那些不痛快。不久，她们就又说笑起来了。

"你看说走就走了。"

"可慌（高兴的意思）哩，比什么也慌，比过新年，娶新——也没见他这么慌过！"

"拴马桩也不顶事了。"

"不行了，脱了缰了！"

"一到军队里，他一准得忘了家里的人。"

"那是真的，我们家里住过一些年轻的队伍，一天到晚仰着脖子出来唱，进去唱，我们一辈子也没那么乐过。等他们闲下来没有事了，我就傻想：

该低下头了吧。你猜人家干什么？用白粉子在我家影壁上画上许多圆圈圈，一个一个蹲在院子里，托着枪瞄那个，又唱起来了！"

她们轻轻划着船，船两边的水哗，哗，哗。顺手从水里捞上一颗菱角来，菱角还很嫩很小，乳白色。顺手又丢到水里去。那颗菱角就又安安稳稳浮在水面上生长去了。（这里描绘了女人们轻轻的动作，悠悠的水声，安安稳稳的菱角被女人们顺手一捞，大有南朝乐府《西洲曲》中"低头弄莲子，莲子清如水"的美好情味。）

"现在你知道他们到了哪里？"

"管他哩，也许跑到天边上去了！"

她们都抬起头往远处看了看。

"唉呀！那边过来一只船。"

"唉呀！日本，你看那衣裳！"

"快摇！"

小船拼命往前摇。她们心里也许有些后悔，不该这么冒冒失失走来；也许有些怨恨那些走远了的人。但是立刻就想，什么也别想了，快摇，大船紧紧追过来了。

大船追得很紧。

幸亏是这些青年妇女，白洋淀长大的，她们摇得小船飞快。小船活像离开了水皮的一条打跳的梭鱼。她们从小跟这小船打交道，驶起来，就像织布穿梭，缝衣透针一般快。

假如敌人追上了，就跳到水里去死吧！

后面大船来得飞快。那明明白白是鬼子！这几个青年妇女咬紧牙制止住心跳，摇橹的手并没有慌，水在两旁大声地哗哗，哗哗，哗哗哗！

"往荷花淀里摇！那里水浅，大船过不去。"

她们奔着那不知道有几亩大小的荷花淀去，那一望无边际的密密层层的大荷叶，迎着阳光舒展开，就像铜墙铁壁一样。粉色荷花箭高高地挺出来，是监视白洋淀的哨兵吧！（作者借景抒情，以景喻人，以景赞人。"一望无边际""密密层层"，象征了人民战争的汪洋大海；"铜墙铁壁""哨兵"，则说明了人民是任何敌人也攻不破、打不烂的"铜墙铁壁"。这段抒情文字是作者对家乡白洋淀真情实感的自然流露，作者把此情寄于山水之间。）

她们向荷花淀里摇，最后，努力地一摇，小船窜进了荷花淀。几只野鸭扑楞楞飞起，尖声惊叫，掠着水面飞走了。就在她们的耳边响起一排枪！

整个荷花淀全震荡起来。她们想，陷在敌人的埋伏里了，一准要死了，一齐翻身跳到水里去。渐渐听清楚枪声只是向着外面，她们才又扒着船帮露出头来。她们看见不远的地方，那宽厚肥大的荷叶下面，有一个人的脸，下半截身子长在水里。荷花变成人了？那不是我们的水生吗？又往左右看去，不久各人就找到了各人丈夫的脸，啊，原来是他们！

但是那些隐蔽在大荷叶下面的战士们，正在聚精会神瞄着敌人射击，半眼也没有看她们。枪声清脆，三五排枪过后，他们投出了手榴弹，冲出了荷花淀。

手榴弹把敌人那只大船击沉，一切都沉下去了。水面上只剩下一团烟硝火药气味。战士们就在那里大声欢笑着，打捞战利品。他们又开始了沉到水底捞出大鱼来的拿手戏。他们争着捞出敌人的枪支、子弹带，然后是一袋子一袋子叫水浸透了的面粉和大米。水生拍打着水去追赶一个在水波上滚动的东西，是一包用精致纸盒装着的饼干。

妇女们带着浑身水，又坐到她们的小船上去了。

水生追回那个纸盒，一只手高高举起，一只手用力拍打着水，好使自己不沉下去。对着荷花淀吆喝：

"出来吧，你们！"

好像带着很大的气。

她们只好摇着船出来。忽然从她们的船底下冒出一个人来，只有水生的女人认得那是区小队的队长。这个人抹一把脸上的水问她们：

"你们干什么去来呀？"

水生的女人说：

"又给他们送了一些衣裳来！"

小队长回头对水生说：

"都是你村的？"

"不是她们是谁，一群落后分子！"说完把纸盒顺手丢在女人们船上，一汩，又沉到水底下去了，到很远的地方才钻出来。（原来，白洋淀的丈夫们也有关爱和深情，他们也许不善于讲甜言蜜语，但不等于缺乏表达爱的手段。一个小小的动作"丢"，一盒精致的日本饼干，不动声色、恰到好处地完成了心灵的碰撞和交流。）

小队长开了个玩笑，他说：

"你们也没有白来，不是你们，我们的伏击不会这么彻底。可是，任务已经完成，该回去晒晒衣裳了。情况还紧得很！"

战士们已经把打捞出来的战利品，全装在他们的小船上，准备转移。一人摘了一片大荷叶顶在头上，抵挡正午的太阳。几个青年妇女把掉在水里又捞出来的小包裹，丢给了他们，战士们的三只小船就奔着东南方向，箭一样飞去了。不久就消失在中午水面上的烟波里。（在伏击战的情节中，水生等区小队的队员就在美丽的荷花淀中设伏，战争胜利后，战士们"一人摘了一片大荷叶顶在头上，抵挡正午的太阳"，这正是其坚强的革命意志与积极的革命乐观主义精神的体现。）

几个青年妇女划着她们的小船赶紧回家，一个个像落水鸡似的。一路走着，因过于刺激和兴奋，她们又说笑起来。坐在船头脸朝后的一个噘着嘴说：

"你看他们那个横样子，见了我们爱搭理不搭理的！"

"啊，好像我们给他们丢了什么人似的。"

她们自己也笑了，今天的事情不算光彩，可是：

"我们没枪，有枪就不往荷花淀里跑，在大淀里就和鬼子干起来！"

"我今天也算看见打仗了。打仗有什么出奇，只要你不着慌，谁还不会趴在那里放枪呀！"

"打沉了，我也会浮水捞东西，我管保比他们水式好，再深点我也不怕！"

"水生嫂，回去我们也成立队伍，不然以后还能出门吗！"

"刚当上兵就小看我们，过二年，更把我们看得一钱不值了，谁比谁落后多少呢！"

　　这一年秋季，她们学会了射击。冬天，打冰夹鱼的时候，她们一个个登在流星一样的冰船上，来回警戒。敌人围剿那百顷大苇塘的时候，她们配合子弟兵作战，出入在那芦苇的海里。

赏　读

　　《荷花淀》是孙犁在1945年创作的优秀短篇小说，一直为广大人民群众所喜爱，成为"战争小说"中非"战争化"表现的代表。《荷花淀》因此成了孙犁的短篇小说代表作，甚至一提到孙犁，就想到《荷花淀》、荷花、芦苇。本文虽然写的是抗日战争时期冀中人民的斗争生活，但是作者并没有正面描写和渲染战争的残酷，而是以一种轻松明快的笔调，通过对水生嫂等一群白洋淀妇女送丈夫参军并自动组织起来武装保卫家园的描写，赞扬了冀中平原广大农民在中国共产党的领导下英勇抗战的爱国主义精神，洋溢着革命乐观主义精神，渗透着对祖国和人民深沉的爱。

　　本文在白洋淀人民抗日生活这一背景上，以细腻的笔触刻画了以水生嫂为代表的妇女群像。这些妇女是时代的新女性，她们既以新的姿态生活着，又保持和发扬了农村劳动妇女的美德。作者在文中追求一种清新而淡远的意境，像散文诗一样，在平淡之中见深远，于朴素之中显浓重。作者用浓郁的感情写作，以平静的开头把读者引入心灵震撼的深处，又在结尾时以淡泊悠远的意境给人留下无限遐想的余地。

光　荣

　　饶阳县城北有一个村庄，这村庄紧靠滹沱河①，是个有名的摆渡口。大家知道，滹沱河在山里受着约束，昼夜不停地号叫，到了平原，就今年向南一滚，明年往北一冲，自由自在地奔流。

　　河两岸的居民，年年受害，就南北打起堤来，两条堤中间全是河滩荒地，到了五六月间，河里没水，河滩上长起一层水柳、红荆和深深的芦草。常常发水，柴禾很缺，这一带的男女青年孩子们，一到这个时候，就在炎炎的热天，背上一个草筐，拿上一把镰刀，散在河滩上，在日光草影里，割那长长的芦草，一低一仰，像一群群放牧的牛羊。（开篇两段语言洗练飘逸，充分表现了作者高超的艺术概括力。长短句错落有致，整散句自然融合，增强了文章的音乐美、意境美和结构美。作者以这种唯美、诗意的语言形式，含蓄地表达了人们对自由的向往，对生活的热爱。）

　　七七事变那一年，河滩上的芦草长得很好，五月底，那芦草已经能遮住那些孩子们的各色各样的头巾。地里很旱，没有活做，这村里的孩子们，就整天缠在河滩里。

　　那时候，东西北三面都有了炮声，渐渐东南面和西南面也响起炮来，证

---

　　① 滹沱河：发源于山西省繁峙县泰戏山孤山村一带，东流至河北省献县臧桥，与子牙河另一支流滏阳河相汇入渤海。滹，hū。

明敌人已经打过去了，这里已经亡了国。国民党的军队和官员，整天整夜从这条渡口往南逃，还不断骚扰抢劫老百姓。

是从这时候激起了人们保家自卫的思想，北边，高阳肃宁已经有人民自卫军的组织。那时候，是一声雷响，风雨齐来，自卫的组织，比什么都传流得快，今天这村成立了大队部，明天那村也就安上了大锅。青年们把所有的枪支，把村中埋藏的、地主看家的、巡警局里抓赌的枪支，都弄了出来，背在肩上。

枪，成了最重要的、最必需的、人们最喜爱的物件。渐渐人们想起来：卡住这些逃跑的军队，留下他们的枪支。这意思很明白：养兵千日，用兵一时；大敌压境，你们不说打仗，反倒逃跑，好，留下枪支，交给我们，看我们的吧！

先是在村里设好圈套，卡一个班或是小队逃兵的枪；那常常是先摆下酒宴，送上洋钱，然后动手。

后来，有些勇敢的人，赤手空拳，站在大道边上就卡住了枪支；那办法就简单了。

这渡口上原有一只大船，现在河里没水，翻过船底，晒在河滩上。船主名叫尹廷玉，是个五十多的老头子，弄了一辈子船，落了个"车船店脚牙"的坏名，可也没置下产业。他有一个儿子刚刚十五岁，名叫原生，河里有水的时候，帮父亲弄弄船，现在船闲着，他也就整天跟着孩子们在河滩里看过逃兵，看过飞机，割芦苇草。

这一天，割满了草筐，天也晚了，刚刚要煞紧绳子往回里走，他听得背后有人叫了他一声。

"原生！"

他回头一看，是村西头的一个姑娘，叫秀梅的，穿着一件短袖破白褂，拖着一双破花鞋，提着小镰跑过来，跑到原生跟前，一扯原生的袖子，就用镰刀往东一指：东面是深深一片芦苇，正叫晚风吹得摇摆。

"什么？"原生问。

秀梅低声说：

"那道边有一个逃兵，拿着一支枪。"

原生问：

"就是一个人？"

"就是一个。"秀梅喘喘气咬咬嘴唇，"崭新的一支大枪。"

"人们全回去了没有？"原生周围一看，想集合一些同伴，可是太阳已经下山，天边只有一抹红云，看来河滩里是冷冷清清的没有一个人了。

"你一个人还不行吗？"秀梅仰着头问。

原生看见了这女孩子的两只大眼睛里放射着光芒，就紧握他那镰刀，拨动苇草往东边去了。秀梅看了看自己那一把弯弯的明亮的小镰，跟在后边，低声说：

"去吧，我帮着你。"

"你不用来。"原生说。（"仰着头问""放射着光芒""你不用来"，简短的几句对白和动作描写，把秀梅崇拜英雄的心态和原生受到鼓舞生出勇气的心理活动都展现了出来，也构成了青年男女初生情愫的场景。）

原生从那个逃兵身后过去，那逃兵已经疲累得很，正低着头包裹脚上的燎泡，枪支放在一边。原生一脚把他踢趴，拿起枪支，回头就跑，秀梅也就跟着跑起来，遮在头上的小小的白布手巾也飘落下来，丢在后面。

到了村边，两个人才站下来喘喘气，秀梅说：

"我们也有一支枪了，明天你就去当游击队！"

原生说：

"也有你的一份呢，咱两个伙着吧！"

秀梅一撇嘴说：

"你当是一个雀虫蛋哩，两个人伙着！你拿着去当兵吧，我要那个有什么用？"

原生说：

"对，我就去当兵。你听见人家唱了没：男的去当游击队，女的参加妇救会。咱们一块去吧！"

"我不和你一块去，叫你们小五和你一块去吧！"秀梅笑一笑，就舞动小镰回家去了。走了几步回头说：

"我把草筐和手巾丢了，吃了饭，你得和我拿去，要不爹要骂我哩！"

原生答应了。原生从此就成了人民解放军的战士，背着这支枪打仗，后来也许换成"三八"，现在也许换成"美国自动步"了。

小五是原生的媳妇。这是原生的爹那年在船上，夜里推牌九，一副天罡赢来的，比原生大好几岁，现在二十了。

那时候当兵，还没有拖尾巴这个丢人的名词，原生去当兵，谁也不觉得怎样，就是那登上自家的渡船，同伙伴们开走的时候，原生也不过望着那抱着小弟弟站在堤岸柳树下面的秀梅和一群男女孩子们，嘻嘻笑了一阵，就算完事。

这不像是离别，又不像是欢送。从这开始，这个十五岁的青年人，就在平原上夜晚行军，黎明作战；在阜平大黑山下砂石滩上艰苦练兵，在盂平听那滹沱河清冷的急促的号叫；在五台雪夜的山林放哨；在黄昏的塞外，迎着晚风歌唱了。

他那个卡枪的伙伴秀梅，也真的在村里当了干部。村里参军的青年很多，她差不多忘记了那个小小的原生。战争，时间过得多快，每个人要想的、要做的，又是多么丰富啊！

可是原生那个媳妇渐渐不安静起来。先是常常和婆婆吵架，后来就是长期住娘家，后来竟是秋麦也不来。（这里是一处明显的对比——秀梅投入了抗日斗争的洪流中，做了许多有意义的事情；而小五只会为了自己的私欲和婆家闹，落后短视。作者重在突出秀梅的深明大义和远见卓识。）

来了，就找气生。婆婆是个老好子人，先是觉得儿子不在家，害怕媳妇抱屈，处处将就，哄一阵，说一阵，解劝一阵；后来看着怎么也不行，就说：

"人家在外头的多着呢，就没见过你这么背晦的！"

"背晦，人家都有个家来，有个信来。"媳妇的眼皮和脸上的肉越发耷拉下来。这个媳妇并不胖，可是，就是在她高兴的时候，她的眼皮和脸上的肉也是松卷地耷拉着。

"他没有信来，是离家远的过。"婆婆说。

"叫人等着也得有个头呀！"媳妇一转脸就出去了。

婆婆生了气，大声喊：

"你说，你说，什么是头呀？"

从这以后，媳妇就更明目张胆起来，她来了，不大在家里待，好在街上去坐，半天半天的，人家纺线，她站在一边闲磕牙。有些勤谨的人说她："你坐得落意①呀？"她就说："做着活有什么心花呀？谁能像你们呀！"等婆婆推好碾子，做熟了饭，她来到家里，掀锅就盛。还常说落后话，人家问她："村里抗日的多着呢，也不是你独一份呀，谁也不做活，看你那汉子在前方吃什么穿什么呀？"她就说："没吃没穿才好呢。"

公公耍了半辈子落道，弄了一辈子船，是个有头有脸好面子的人，看看儿媳越来越不像话，就和老婆子闹，老婆子就气得骂自己的儿子。那几年，近处还有战争，她常常半夜半夜坐在房沿上，望着满天的星星，听那隆隆的炮响，这样一来，就好像看见儿子的面，和儿子说了话，心里也痛快一些了。并且狠狠地叨念：怎么你就不回来，带着那大炮，冲着这刁婆，狠狠地轰两下子呢？

小五的落后，在村里造成了很坏的影响，一些老太太们看见她这个样子，就不愿叫儿子去当兵，说："儿子走了不要紧，留下这样娘娘咱搪不开②。"

秀梅在村里当干部，有一天，人们找了她来。正是夏天，一群妇女在一家梢门洞里做活。小五刚从娘家回来，穿一身鲜鲜亮亮的衣裳，站在一边摇着扇子，一见秀梅过来，她那眼皮和脸皮，像玩独角戏一样，瓜搭就落下来，扭过脸去。

那些青年妇女们见秀梅来了，都笑着说：

"秀梅姐快来凉快凉快吧！"说着就递过麦垫来。有的就说："这里有个大顽固蛋，谁也剥不开，你快把她说服了吧！"

秀梅笑着坐下，小五就说：

"我是顽固，谁也别光说漂亮话！"

---

❶ 落意：安心。❷ 搪不开：应付不了。

秀梅说：

"谁光说漂亮话来？咱村里，你挨门数数，有多少在前方抗日的，有几个像你的呀？"

"我怎么样？"小五转过脸来，那脸叫这身鲜亮衣裳一陪衬，显得多么难看，"我没有装坏，把人家的人挑着去当兵！"

"谁挑着你家的人去当兵？当兵是为了国家的事，是光荣的！"秀梅说。

"光荣几个钱一两？"小五追着问，"我看也不能当衣穿，也不能当饭吃！"

"是！"秀梅说，"光荣不能当饭吃、当衣穿；光荣也不能当男人，一块过日子！这得看是谁说，有的人窝窝囊囊吃上顿饱饭，穿上件衣裳就混得下去，有的人还要想到比吃饭穿衣更光荣的事！"（这些对话第一次点题：光荣。作者解释了光荣的含义——为了国家的事情，而不是为了个人的事情。通过秀梅之口，作者满怀感情地号召：国家利益远高于个人利益，这才是光荣！）

别的妇女也说：

"秀梅说得一点也不假，打仗是为了大伙，现在的青年人，谁还愿意当炕头上的汉子呀！"

小五冷笑着，用扇子拍着屁股说：

"说那么漂亮干什么，是'画眉张①'的徒弟吗？要不叫你，俺家那个当不了兵！"

秀梅说："哈！你是说，我和原生卡了一支枪，他才当了兵？我觉着这不算错，原生拿着那支枪，真的替国家出了力，我还觉着光荣呢！你也该觉着光荣。"

"俺不要光荣！"小五说，"你光荣吧，照你这么说，你还是国家的功臣呢，真是木头眼镜。"

"我不是什么功臣，你家的人才是功臣呢！"秀梅说。

---

❶ 画眉张：原名张增财，已故口技表演艺术大师。河北省肃宁县沃北镇大王庄村人。

"那不是俺家的人。"小五丝声漾气地说，"你不是干部吗？我要和他离婚！"

大伙都一愣，望着秀梅。秀梅说：

"你不能离婚，你的男人在前方作战！"

"有个头没有？"小五说。

"怎么没头，打败日本就是头。"

"我等不来，"小五说，"你们能等可就别寻婆家呀！"

秀梅的脸腾得红了，她正在说婆家，就要下书①定准了。别人听了都不忿，说："碍着人家了吗？你不叫人家寻婆家，你有汉子好等着，叫人家等着谁呀！"

秀梅站起来，望着小五说：

"我不是和你赌气，我就不寻婆家，我们等着吧。"

别的人都笑起来，秀梅气得要哭了。小五站不住走了。有的就说："像这样的女人应该好好打击一下，一定有人挑拨着她来破坏我们的工作。"秀梅说："我们也不随便给她扣帽子，还是教育她。"那人说："秀梅姐！你还是佛眼佛心，把人全当成好人；小五要是没有牵线的，挖下我的眼来当泡踏！"

对于秀梅的事，大家都说：

"你真是，为什么不结婚？"

"我先不结婚。"秀梅说，"有很多人把前方的战士，当作打了外出的人，我给她们做个榜样。你们还记得那个原生不？现在想起来，十几岁的一个人，背起枪来，一出去就是七年八年，才真是个好样儿的哩！"

"原生倒是不错，"一个姑娘笑了，"可是你也不能等着人家呀！"

"我不是等着他，"秀梅庄重地说，"我是等着胜利！"（这个回答大快人心！秀梅的整个人透出的远见、识大体、顾大局、做榜样是入了读者的心里去的。正如作家所说："她……好像是一个撒种子的人，把一种思想，一种要求，撒进每个人的心里去。"）

———————————

① 下书：致送婚约。

小五到村外一块瓜园里去。这瓜园是村里一个粮秣①先生尹大恋开的。这人原是村里一家财主，现在村中弄了名小小的干部当着，掩藏身体，又开了个瓜园，为的是喝酒说落后话，好有个清净地方。

尹大恋正坐在高高的窠棚里摇着扇子喝酒，一看见小五来了就说：

"拣着大个儿的摘着吃罢，你那离婚的事谈得怎样了？"

小五拨着瓜秧说：

"人家叫等到打败日本，谁知道哪年哪月他们才能打败日本呀！"

"唉！长期抗战，这不是无期徒刑吗？喂，不是有说讲吗，五年没有音讯就可以。这是他们的法令呀，他们自己还不遵守吗？和他打官司呀，你这人还是不行！"

小五回来就又和公婆闹，闹得公婆没法，咬咬牙叫她离婚走了，老婆婆狠狠啼哭了一场。老头说："哭她干什么！她是我一副牌赢来的，只当我一副牌又把她输了就算了！"

自从小五出门走了以后，秀梅就常常到原生家里，帮着做活，看看水瓮里没水，就去挑了来，看看院子该扫，就打扫干净，伏天，帮老婆儿拆洗衣裳，秋天帮着老头收割打场。

日本投了降，秀梅跑去告诉老人家，老人听了也欢喜，可是过了好久，有好些军人退伍回来了，还不见原生回来。

原生的娘说：

"什么命呀，叫我们修下这样一个媳妇！"

秀梅说：

"大娘，那就只当没有这么一个媳妇，有什么活我帮你做，你不是没有闺女吗，你就只当有我这么个闺女！"

"好孩子，可是你要出聘了呢？"原生的娘说，"唉，为什么原生八九年就连个信也没有？"

"大娘，军队开得远，东一天，西一天，工作很忙，他就忘记给家里写

---

① 粮秣：粮草。

信了。总有一天，一下子回来了，你才高兴呢！"

"我每天晚上听着门，半夜里醒了，听听有人叫娘开门哩，不过是想念的罢了。这么些人全回来了，怎么原生就不回来呀？"

"原生一定早当了干部了，他怎么能撂下军队回来呢？"

"为国家打仗，那是本分该当的，我明白。只是这个媳妇，唉！"

今年五月天旱，头一回耕的晚田没出来，大庄稼也旱坏了，人们整天盼雨。晚上，雷声忽闪地闹了半夜，才淅沥淅沥下起雨来，越下越大，房里一下凉快了，蚊子也不咬人了。秀梅和娘睡在炕上，秀梅说：

"下透了吧，我明天还得帮着原生家耕地去。"

娘在睡梦里说：

"人家的媳妇全散了，你倒成了人家的人了。你好好地把家里的活做完了，再出去乱跑去，你别觉着你爹不说你哩！"

"我什么活没做完呀！我不过是多卖些力气罢了，又轮着你这么嘟哝人！"

娘没有答声。秀梅却一直睡不着，她想，山地里不知道下雨不，山地里下了大雨，河里的水就下来了。那明天下地，还要过摆渡呢！她又想，小的时候，和原生在船上玩，两个人偷偷把锚起出来，要过河去，原生使篙，她掌舵，船到河心，水很急，原生力气小，船打起转来，吓哭了，还是她说：

"不要紧，别怕，只要我把得住这舵，就跑不了它，你只管撑吧！"

又想到在芦苇地卡枪，那天黑间，两个人回到河滩里，寻找草筐和手巾，草筐找到了，寻了半天也寻不见那块手巾，直等月亮升上来，才找到了。

想来想去，雨停了，鸡也叫了，才合了合眼。

起身就到原生家里来，原生的爹正在院里收拾"种式"，一见秀梅来了，就说：

"你给我们拉砘子①去吧，叫你大娘旁搂。我常说，什么活也能一个人慢慢去做，惟独锄草和耕地，一个人就是干不来。"

秀梅笑着说：

---

① 拉砘子：播种后用砘子把松土压实。砘子，播种覆土后用来镇压以利出苗的石制农具。

"大伯，你拉砘子吧，我拿耧，我好把式哩！我们那几亩地，都是我拿的'种式'哩！"

"可就是，我还没问你，"老头说，"你那地全耕上没有？"

秀梅说："我前两天就耕上了，耕的'干打雷'，叫它们先躺在地里去求雨，我的时气可好哩！"

老头说：

"年轻人的时运总是好的，老了就倒霉，走吧！"

秀梅背上"种式"就走。她今天穿了一条短裤，光着脚，老婆子牵着小黄牛，老头子拉着砘子胡芦在后边跟着，一字长蛇阵，走出村来。

田野里，大道小道上全是忙着去种地的人，像是一盘子好看的走马灯。这一带沙滩，每到春天，经常刮那大黄风，刮起来，天昏地暗人发愁。现在大雨过后，天晴日出，平原上清新好看极了。

耕完地，天就快晌午了，三个人坐在地头上休息。秀梅热得红脸关公似的摘下手巾来擦汗，又当扇子扇，那两只大眼睛也好像叫雨水冲洗过，分外显得光辉。

她把道边上的草拔了一把，扔给那小黄牛，叫它吃着。

从南边过来一匹马。

那是一匹高大的枣红马，马低着头一步一颠地走，像是已经走了很远的路，又像是刚刚经过一阵狂跑。马上一个八路军，大草帽背在后边，有意无意挥动着手里的柳条儿。远远看来，这是一个年轻的人，一个安静的人，他心里正在思想什么问题。

马走近了，秀梅就转过脸来低下头，小声对老婆儿说："一个八路军！"老头子正仄着身子抽烟，好像没听见，老婆子抬头一看，马一闪放在道旁上的石砘子，吃了一惊，跑过去了。

秀梅吃惊似的站了起来，望着那过去的人说：

"大娘，那好像是原生哩！"（原生的亲生父母尚且没有认出自己的儿子来，痴心的秀梅却一眼就认出了自己等待多年的人。她的坚持和执着终于有了回报，读者的心也跟着一起跳动起来！）

老头老婆儿全抬起头来，说：

"你看差眼了吧！"

"不。"秀梅说。那骑马的人已经用力勒住马，回头问："老乡，前边是尹家庄不是？"

秀梅一跳说：

"你看，那不是原生吗，原生！"

"秀梅呀！"马上的人跳下来。

"原生，我那儿呀！"老婆子往前扑着站起来。

"娘，也在这里呀！"

儿子可真的回来了。

爹娘儿女相见，那一番话真是不知从哪说起，当娘的嘴一努一努想把媳妇的事说出来，话到嘴边，好几次又咽下去了。原生说：

"队伍往北开，攻打保定，我请假家来看看。"

"咳呀！"娘说，"你还得走吗？"

原生笑着说：

"等打完老蒋就不走了。"

秀梅说：

"怎么样，大娘，看见儿子了吧！"

"好孩子，"大娘说，"你说什么，什么就来了！"

远处近处耕地的人们全围了上来，天也晌午了，又围随着原生回家，背着耧的，拉着砘子的。

刚到村边，新农会的主席手里扬着一张红纸，满头大汗跑出村来，一看见原生的爹就说：

"大伯，快家去吧，大喜事！"

"什么事呀？"

"大喜事，大喜事！"

人们全笑了，说：

"你报喜报得晚了！"

"什么呀？"主席说，"县里刚送了通知来，我接到手里就跑了来，怎么就晚了！"

人们说：

"这不是原生已经到家了！"

"哈，原生家来了？大伯，真是喜上加喜，双喜临门呀！"主席喊着笑着。

人们说：

"你手里倒是拿的什么通知呀！"

"什么通知？原生还没对你们大家说呀？"主席扬一扬那张红纸，"上面给我们下的通知：咱们原生在前方立了大功，活捉了蒋介石的旅长，队伍里选他当特等功臣，全区要开大会庆祝哩！"

<u>"哈，这么大事，怎么，原生，你还不肯对我们说呀，你真行呀！"人们嚷着笑着到了村里。</u>（原生并没有第一时间说出立功的特大喜讯，而是由别人提出这一消息，这样一个威震敌胆却不居功自傲的英雄形象就跃然纸上。）

第二天，在村中央的广场上开庆功大会。

天晴得很好，这又是个热天，全村的男女老少，都换了新衣裳，先围到台下来，台上高挂全区人民的贺匾："特等功臣"。

各村新农会又有各色各样的贺匾祝辞，台上台下全是红绸绿缎，金字彩花。

全区的小学生，一色的白毛巾，花衣服，腰里系着一色的绸子，手里拿着一色的花棍，脸上擦着胭脂，老师们擦着脸上的汗，来回照顾。

区长讲完了原生立功的经过，他号召全区青壮年向原生学习，踊跃参军，为人民立功。接着就是原生讲话。他说话很慢，很安静，台下的人们说：老脾气没变呀，还是这么不紧不慢的，怎么就能活捉一个旅长呀！原生说，自己立下一点功；台下就说，好家伙，活捉一个旅长他说是一点功。原生又说，这不是自己的功劳，这是全体人民的功劳；台下又说，你看人家这个说话。

区长说："老乡们，安静一点吧，回头还有自由讲话哩，现在先不要乱讲吧。"人们说："这是大喜事呀，怎么能安静呢！"

到了自由讲话的时候，台下妇女群里喊了一声："欢迎秀梅讲话。"全场的人都嚷赞成，全场的人拿眼找她。秀梅今天穿一件短袖的红白条小褂，头上也包一块新毛巾，她正愣着眼望着台上，听得一喊，才转过脸东瞧瞧，西看看，两只大眼睛，转来转去好像不够使，脸飞红了。

她到台上讲了这段话：

"原生立了大功，这是咱们全村的光荣。原生十五岁就出马打仗，那么一个小人，背着那么一支大枪。他今年二十五岁了，打了十年仗，还要去打，打到革命胜利。

"有人觉着这仗打得没头没边，这是因为他没把这打仗看成是自家的事。人们光愿意早些胜利，问别人：什么时候打败蒋介石？这问自己就行了。我们要快就快，要慢就慢，我们坚决，我们给前方的战士助劲，胜利就来得快；我们不助劲，光叫前方的战士们自己去打，那胜利就来得慢了。这只要看我们每个人尽的力量和出的心就行了。

"战士们从村里出去，除去他的爹娘，有些人把他们忘记了，以为他们是办自己的事去了，也不管他们哪天回来。不该这样，我们要时时刻刻想念着他们，帮助他们的家，他们是为我们每个人打仗。

"有的人，说光荣不能当饭吃。不明白，要是没有光荣，谁也不要光荣，也就没有了饭吃；有的人，却把光荣看得比性命还要紧，我们这才有了饭吃。

"我们求什么，就有什么。我们这等着原生，原生就回来了。战士们要的是胜利，原生说很快就能打败蒋介石，蒋介石很快就要没命了，再有一年半载就死了。

"我们全村的战士，都会在前方立大功的，他们也都像原生一样，会带着光荣的奖章回来的。那时候，我们要开一个更大更大的庆功会。

"我的话完了。"

台下面大声地鼓掌，大声地欢笑。

接着就是游行大庆祝。

最前边是四杆喜炮，那是全区有名的四个喜炮手；两面红绸大旗——一面写"为功臣贺功"，一面写"向英雄致敬"。后面是大锣大鼓，中间是英雄匾，原生骑在枣红马上，马笼头马颈上挂满了花朵。原生的爹娘，全穿着新衣服坐在双套大骡车上，后面是小学生的队伍和群众的队伍。

　　大锣大鼓敲出村来，雨后的田野，蒸晒出腾腾的热气，好像是叫大锣大鼓的声音震动出来的。

　　到一村，锣鼓相接，男男女女挤得风雨不透，热汗齐流。

　　敲鼓手疯狂地抡着大棒，抬匾的柱脚似的挺直腰板，原生的爹娘安安稳稳坐在车上，街上的老头老婆儿们指指画画，一齐连声说：

　　"修下这样好儿子，多光荣呀！"

　　那些青年妇女们一个扯着一个的衣后襟，好像怕失了联络似的，紧跟着原生观看。

　　原生骑在马上，有些害羞，老想下来，摄影的记者赶紧把他捉住了。

　　（简单的细节描写表明，英雄人物原生虽然立了大功，人民拥戴，却非常谦虚、谨慎，甚至还有几分腼腆。这些细节描写，印证了作者对刻画一个真实不造作、有血有肉的可信形象的追求。）

　　秀梅满脸流汗跟在队伍里，扬着手喊口号。她眉开眼笑，好像是一个宣传员。她好像在大秋过后，叫人家看她那辛勤的收成；又好像是一个撒种子的人，把一种思想，一种要求，撒进每个人的心里去。她见到相熟的姐妹，就拉着手急急忙忙告诉说：

　　"这是我们村里的原生，十五上就当兵去了，今年二十五岁，在战场上立了大功，胸前挂的那金牌子是毛主席奖的哩。"

　　她说完就又跟着队伍跑走了。这个农民的孩子原生，一进村庄，就好把那放光的奖章，轻轻掩进上衣口袋里去。秀梅就一定要他拉出来。

　　大队也经过小五家的大门。一到这里，敲大鼓的故意敲了一套花点，原想叫小五也跑出来看看的，门却紧紧闭着，一直没开。

　　队伍在平原的田野和村庄通过，带着无比响亮的声音，无比鲜亮的色彩。太阳在天上，花在枝头，声音从有名的大鼓手那里敲打，这是一种震动人心的号召：光荣！光荣！

　　晚上回来，原生对爹娘说："明天我就回部队去了。我原是绕道家来看看，赶巧了乡亲们为我庆功，从今以后，我更应该好好打仗，才不负人民对我的一番热情。"

娘说："要不就把你媳妇追回来吧！"

原生说："叫她回来干什么呀！她连自己的丈夫都不能等待，要这样的女人一块革命吗？"

爹说："那么你什么时候才办喜事呢？以我看，咱寻个媳妇，也并不为难。"

原生说："等打败蒋介石。这不要很长的时间。有个一年半载就行了。"

娘又说："那还得叫人家陪着你等着吗？"

"谁呀？"原生问。

"秀梅呀！人家为你耽误了好几年了。"娘把过去小五怎样使歪造耗，秀梅怎样解劝说服，秀梅怎样赌气不寻婆家，小五走了，秀梅怎样体贴娘的心，处处帮忙尽力，原原本本说了一遍。

在原生的心里，秀梅的影子，突然站立在他的面前，是这样可爱和应该感谢。他忽然想起秀梅在河滩芦苇丛中命令他去卡枪的那个黄昏的景象。当原生背着那支枪转战南北，在那银河横空的夜晚站哨，或是赤日炎炎的风尘行军当中，他曾经把手扶在枪上，想起过这个景象。那时候，在战士的心里，这个影子就好比一个流星，一只飞鸟横过队伍，很快就消失了。现在这个影子突然在原生心里鲜明起来，扩张起来，顽强粘住，不能放下了。

在全村里，在瓜棚豆架下面，在柳荫房凉里，那些好事好谈笑的青年男女们议论着秀梅和原生这段姻缘，谁也觉得这两个人要结了婚，是那么美满，就好像雨既然从天上降下，就一定是要落在地上，那么合理应当。（秀梅这样的女子在当时的条件下是难能可贵的，她不但没有成为革命胜利的绊脚石，而且成了拥有先进觉悟的进步青年；她不局限于自己的男女感情，而是将自己的一腔热血投入了光荣的革命事业。最后，作者以一个开放式的结局收尾，没有交代他们的结局，但也给出了强烈的暗示——美满姻缘。）

➤ 赏 读

孙犁平生除一部长篇小说和两部中篇小说之外，其他小说多是精短简洁之作，而这篇《光荣》却有九千多字。一贯惜墨如金的孙犁，用浓墨重彩描绘这样一幅彩色画卷，真是难能可贵。作家以诗意的笔触，描写了如诗如画的潴沱河畔的原野风光，刻画了少男少女的嬉戏和欢乐，还不吝笔墨用多半篇幅写了秀梅十年的期盼和付出，英雄原生返乡庆功时的热烈场景。

一个短篇，三个主要人物形象：秀梅、原生、小五。小说以原生去当兵打仗为中心，将秀梅与小五对比着来写。有人说在抗战时期妇女是战士们的一种负担和累赘，有人说妇女是战士们远行的一种牵挂，有人说她们是抗战时期不能缺少的一支队伍。孙犁笔下秀梅的形象是鲜活生动的，是永远值得人们纪念和学习的。她让人们看到，在艰难的抗战岁月中，女性不再是任人欺凌的弱者形象，她们也有自己的思想，有自己的灵魂，她们也有为国家为革命尽力的勇气和决心，她们在向所有的人展示：中国的女性不会成为战争的羁绊，不会成为战士的牵挂，而是战争的另一种坚定的力量。

小说一再渲染、铺排庆功大会的场景，源于小说鲜明的主题：光荣。一切参与抗战或支持、理解并用切身行动来帮助抗战的人都是光荣的。反之，凡拖后腿、说落后话、做落后事的，都是不光荣的，甚至是羞耻的！作品教育、鼓舞人心的力量是不可估量、强大无比的，同时也彰显了这些为了民族、为了国家、为了人民而积极投身到抗日战争的伟大事业中去的人是历史的丰碑！

第2课：中考名著常考考点归纳与解析1-2

嘱 咐

水生斜背着一件日本皮大衣，偷过了平汉路，天刚大亮。家乡的平原景色，八年不见，并不生疏。这正是腊月天气，从平地上望过去，一直望到放射红光的太阳那里，他深深地吸了一口气。把身子一挺，十几天行军的疲劳完全跑净，脚下轻飘飘的，眼有些晕，身子要飘起来。这八年，他走的多半是山路，他走过各式各样的山路：五台附近的高山，黄河两岸的陡山，延安和塞北的大土疙瘩山。哪里有敌人就到哪里去，枪背在肩上，拿在手里八年了。

水生是一个好战士，现在已经是一个副教导员。可是不瞒人说，八年里他也常常想到家，特别是在休息时间，这种想念，很使一个战士苦恼。这样的时候，他就拿起书来或是到操场去，或是到菜园子里去，借游戏、劳动和学习，好把这些事情忘掉。

他也曾有过一种热望，能有个机会再打到平原上去，到家看看就好了。

现在机会来了。他请了假，绕道家里看一下。因为地理熟，一过铁路他就不再把敌人放在心上。他悠闲地走着，四面八方观看着，为的是饱看一下八年不见的平原风景。<u>铁路旁边并排的炮楼，有的已经拆毁，破墙上洒落了一片鸟粪。铁路两旁的柳树黄了叶子，随着铁轨伸展到远远的北方。一列火车正从那里慢慢地滚过来，惨叫，吐着白雾。</u>（此处的景物描写情景交融，富有象征意义。颓败的炮楼，落了鸟粪的破墙，象征着敌人的溃败。）

一时，强烈的战斗要求和八年的战斗景象涌到心里来。他笑了一笑，想，现在应该把这些事情暂时地忘记，集中精神看一看家乡的风土人情吧。他信步走着，想享受享受一个人在特别兴奋时候的愉快心情。他看看麦地，又看看天，看看周围那像深蓝淡墨涂成的村庄图画。这里离他的家不过九十里路，一天的路程。今天晚上，就可以到家了。

不久，他觉得这种感情有些做作。心里面并不那么激动。幼小的时候，离开家半月十天，当黄昏的时候走近了自己的村庄，望见自己家里烟囱上冒起的袅袅的轻烟，心里就醉了。现在虽然对自己的家乡还是这样爱好、崇拜，但是那样的一种感情没有了。

经过的村庄街道都很熟悉。这些村庄经过八年战争，满身创伤，许多被敌人烧毁的房子，还没有重新盖起来。村边的炮楼全拆了，砖瓦还堆在那里，有的就近利用起来，垒了个厕所。在形式上，村庄没有发展，没有添新的庄院和房屋。许多高房，大的祠堂，全拆毁修了炮楼，幼时记忆里的几块大坟地，高大的杨树和柏树，也砍伐光了，坟墓曝露出来，显得特别荒凉。但是村庄的血液，人民的心却壮大发展了。一种平原上特有的勃勃生气，更是强烈扑人。

水生的家在白洋淀边上。太阳平西的时候，他走上了通到他家去的那条大堤，这里离他的村庄十五里路。

堤坡已经破坏，两岸成荫的柳树砍伐了，堤里面现在还满是水。水生从一条小道上穿过，地势一变化，使他不能正确地估计村庄的方向。

太阳落到西边远远的树林里去了，远处的村庄迅速地变化着颜色。水生望着树林的疏密，辨别自己的村庄。家近了，就要进家了！家对他不是吸引，却是一阵心烦意乱。他想起许多事。父亲确实的年岁忘记了，是不是还活着？父亲很早就是有痰喘的病。还有自己女人，正在青春，一别八年，分离时她肚子里正有一个小孩子。房子烧了吗？

不是什么悲喜交加的情绪，这是一种沉重的压迫，对战士的心的很大的消耗。他在心里驱逐这种思想感情，他走得很慢，他决定坐在这里，抽袋烟休息休息。

他坐下来打火抽烟，田野里没有一个人，风有些冷了，他打开大衣披在身上。他从积满泥水和腐草的水洼望过去，微微地可以看见白洋淀的边缘。

黄昏时候，他走到了自己的村边，他家就住在村边上。他看见房屋并没烧，街里很安静，这正是人们吃完晚饭，准备上门的时候了。

　　他在门口遇见了自己的女人。她正在那里悄悄地关闭那外面的梢门。水生亲热地叫了一声：

　　"你！"

　　<u>女人一怔，睁开大眼睛，咧开嘴笑了笑，就转过身子去抽抽搭搭地哭了。</u>（作者对水生嫂的感情变化的描写十分细腻传神。这里短暂的"一怔""笑了笑""哭了"，写出了自然的人之常情，意蕴丰富，情感真挚，感人至深。）水生看见她脚上那白布封鞋，就知道父亲准是不在了。两个人在那里站了一会。还是水生把门掩好说："不要哭了，家去吧！"他在前面走，女人在后面跟，走到院里，女人紧走两步赶到前面，到屋里去点灯。水生在院里停了停。他听着女人忙乱地打火，灯光闪在窗户上了，女人喊："进来吧！还做客吗？"

　　女人正在叫唤着一个孩子。他走进屋里，女人从炕上拖起一个孩子来，含着两眼泪水笑着说：

　　"来，这就是你爹，一天价看见人家有爹，自己没爹，这不现在回来了。"说着已经不成声音。水生说：

　　"来！我抱抱。"

　　老婆把孩子送到他怀里，他接过来，八九岁的女孩子竟有这么重。那孩子从睡梦里醒来，好奇地看着这个生人，这个"八路"。女人转身拾掇着炕上的纺车线子等等东西。

　　水生抱了孩子一会，说：

　　"还睡去吧。"

　　女人安排着孩子睡下，盖上被子。孩子却圆睁着两眼，再也睡不着。水生在屋里转着，在那扑满灰尘的迎门橱上的大镜子里照看自己。

　　女人要端着灯到外间屋里去烧水做饭，望着水生说：

　　"从哪里回来？"

　　"远了，你不知道的地方。"

"今天走了多少里？"

"九十。"

"不累吗？还在地下溜达？"

水生靠在炕头上。外面起了风，风吹着院里那棵小槐树，月光射到窗纸上来。水生觉着这屋里是很暖和的，在黑影里问那孩子：

"你叫什么？"

"小平。"

"几岁了？"

女人在外边拉着风箱说：

"别告诉他，他不记得吗？"

孩子回答说：

"八岁。"

"想我吗？"

"想你。想你，你不来。"孩子笑着说。

女人在外边也笑了。说：

"真的！你也想过家吗？"

水生说：

"想过。"

"在什么时候？"

"闲着的时候。"

"什么时候闲着？……"

"打过仗以后，行军歇下来，开荒休息的时候。"

"你这几年不容易呀？"

"嗯，自然你们也不容易。"水生说。

"嗯？我容易，"她有些气忿地说着，把饭端上来，放在炕上，"爹是顶不容易的一个人，他不能看见你回来……"她坐在一边看着水生吃饭，看不见他吃饭的样子八年了。水生想起父亲，胡乱吃了一点，就放下了。

"怎么？"她笑着问，"不如你们那小米饭好吃？"

水生没答话。她拾掇了出去。

回来，插好了隔山门。院子里那挤在窝里的鸡们，有时转动扑腾。孩子睡着了，睡得是那么安静，那呼吸就像泉水在春天的阳光里冒起的小水泡，愉快地升起，又幸福地降落。女人爬到孩子身边去，她一直呆望着孩子的脸。她好像从来没有见过这个孩子，孩子好像是从别人家借来，好像不是她生出，不是她在那潮湿闷热的高粱地，在那残酷的"扫荡"里奔跑喘息，丢鞋甩袜抱养大的，她好像不曾在这孩子身上寄托了一切，并且在孩子的身上祝福了孩子的爹："那走得远远的人，早一天胜利回来吧！一家团聚。"好像她并没有常常在深深的夜晚醒来，向着那不懂事的孩子，诉说着翻来覆去的题目：（这一段连续用了"好像从来没有""好像不是""好像不曾"，作者用强烈的否定语气在烘托着刻骨的肯定，让读者立刻明白水生嫂多年来一直在确定地做着这些事情，由于太深刻反而像是没有做过一样。）

"你爹哩，他到哪里去了？打鬼子去了……他拿着大枪骑着大马……就要回来了，把宝贝放在马上……多好啊！"

现在，丈夫像从天上掉下来一样。她好像是想起了过去的一切，还编排那准备了好几年的话，要向现在已经坐到她身边的丈夫诉说了。

水生看着她。离别了八年，她好像并没有老多少。她今年二十九岁了，头发虽然乱些，可还是那么黑。脸孔苍白了一些，可是那两只眼睛里的光，还是那么强烈。

他望着她身上那自纺自织的棉衣和屋里的陈设。不论是人的身上，人的心里，都表现出是叫一种深藏的志气支撑，闯过了无数艰难的关口。

"还不睡吗？"过了一会，水生问。

"你困你睡吧，我睡不着。"女人慢慢地说。

"我也不困。"水生把大衣盖在身上，"我是有点冷。"

女人看着他那日本皮大衣，笑着问：

"说真的，这八九年，你想起过我吗？"

"不是说过了吗？想过。"

"怎么想法？"她逼着问。

"临过平汉路的那天夜里，我宿在一家小店，小店里有个鱼贩子是咱们乡亲。我买了一包小鱼下饭，吃着那鱼，就想起了你。"

"胡说。还有吗？"

"没有了。你知道我是出门打仗去了，不是专门想你去了。"

"我们可常常想你，黑夜白日。"她支着身子坐起来，"你能猜一猜我们想你的那段苦情吗？"

"猜不出来。"水生笑了笑。

"我们想你，我们可没有想叫你回来。那时候，日本人就在咱村边。可是在黑夜，一觉醒了，我就想：你如果能像天上的星星，在我眼前晃一晃就好了。可是能够吗？"

从窗户上那块小小的玻璃上结起来冰花，夜深了，大街的高房上有人高声广播：

"民兵自卫队注意！明天，鸡叫三遍集合。带好武器，和一天的干粮！"

那声音转动着，向四面八方有力地传送。在这样降落霜雪严寒的夜里，一只粗大的喇叭在热情地呼喊。

"他们要到哪里去？"水生照战争习惯，机警地直起身子来问。

"准是到胜芳。这两天，那里很紧！"女人一边细心听，一边小声地说。

"他们知道我们来了。"

"你们来了？你要上哪里去？"

"我们是调来保卫冀中平原，打退进攻的敌人的！"

"你能在家住几天？"

"就是这一晚上。我是请假绕道来看望你。"

"为什么不早些说？"

"还没顾着啊！"

女人呆了。她低下头去，又无力地仄在炕上。过了好半天，她说：

"那么就赶快休息休息吧，明天我撑着冰床子去送你。"（这里有一个女人复杂的情感与理智的冲突，结果还是深明大义的理智胜过了个人对丈夫的依恋、挽留的情感，显示了水生嫂高尚的政治觉悟。）

鸡叫三遍，女人就先起来给水生做了饭吃。这是一个大雾天，地上堆满了霜雪。女人把孩子叫醒，穿得暖暖的，背上冰床，锁了梢门，送丈夫上路。出了村，她要丈夫到爹的坟上去看看。水生说等以后回来再说，女人不肯。她说：

"你去看看，爹一辈子为了我们。八年，你只在家里待了一个晚上。爹叫你出去打仗了，是他一个老年人照顾了咱们全家。这是什么太平日子呀？整天价东逃西窜。因为你不在家，爹对我们娘俩，照顾得惟恐不到。只怕一差二错，对不起在外抗日的儿子。每逢夜里一有风声，他老人家就先在院里把我叫醒，说：水生家起来吧，给孩子穿上衣裳。不管是风里雨里，多么冷，多么热，他老人家背着孩子逃跑，累得痰喘咳嗽。是这个苦日子，遭难的日子，担惊受怕的日子，把他老人家累死。还有那年大饥荒……"

在河边，他们上了冰床。水生坐上去，抱着孩子，用大衣给她包好脚。女人站在床子后面，撑起了杆。女人是撑冰床的好手，她逗着孩子说：

"看你爹没出息，当了八年八路军，还得叫我撑冰床子送他！"她轻轻地跳上冰床子后尾，像一只雨后的蜻蜓爬上草叶。轻轻用杆子向后一点，冰床子前进了。大雾笼罩着水淀，只有眼前几丈远的冰道可以望见。河两岸残留的芦苇上的霜花飒飒飘落，人的衣服上立时变成银白色。她用一块长的黑布紧紧把头发包住，冰床像飞一样前进，好像离开了冰面行走。她的围巾的两头飘到后面去，风正从她的前面吹来。她连撑几杆，然后直起身子来向水生一笑。她的脸冻得通红，嘴里却冒着热气。小小的冰床像离开了强弩的箭，攉起的冰屑，在它前面打起团团的旋花。前面有一条窄窄的水沟，水在冰缝里汩汩地流，她只说了一声"小心"，两脚轻轻地一用劲，冰床就像受了惊的小蛇一样，抬起头来，窜过去了。

水生警告她说：

"你慢一些，疯了？"

女人擦一擦脸上的冰雪和汗，笑着说：

"同志！我们送你到战场上去呀，你倒说慢一些！"

“擦破了鼻子就不闹了。”

“不会。这是从小玩熟了的东西。今天更不会。在这八年里面，你知道我用这床子，送过多少次八路军？”

冰床在霜雾里，在冰上飞行。

“你把我送到丁家坞，”水生说，“到那里，我就可以找到队伍了。”

女人没有言语。她呆望着丈夫。停了一会，才说：

“你给孩子再盖一盖，你看她的手露着。”她轻轻地喘了两口气。又说：

“你知道，我现在心里很乱。八年我才见到你，你只在家里待了不到多半夜的工夫。我为什么撑得这么快？为什么着急把你送到战场上去？我是想，你快快去，快快打走了进攻我们的敌人，你才能再快快地回来，和我见面。

“你知道，我们，我们这些留在家里当媳妇的，最盼望胜利。我们在地洞里，在高粱地里等着这一天。这一天来了，我们那高兴，是不能和别人说的。

“进攻胜芳的敌人，是坐飞机来的；他们躲在后方，妻子团聚了八九年。他们来了，可把我们的幸福打破了，他们打破了我们的心。他们造的罪孽是多么重！一定要把他们完全消灭！”

冰床跑进水淀中央，这里是没有边际的冰场。太阳从冰面上升出来，冲开了雾，形成一条红色的胡同，扑到这里来，照在冰床上。（此处描写了冰床在水淀上行进和太阳光冲开浓雾的景象，不仅充满诗情画意，而且富于象征意味，即人民解放事业的飞速发展以及分离的暂时性和胜利的必然性。）女人说：

“爹活着的时候常说，水生出去是打开一条活路，打开了这条活路，我们就得活，不然我们就活不了。八年，他老人家焦愁死了。国民党反动派又要和日本一样，想来把我们活着的人完全逼死！

“你应该记着爹的话，向上长进，不要为别的事情分心，好好打仗。八年过去了，时间不算不长。只要你还在前方，我等你到死！”

在被大雾笼罩、杨柳树环绕的丁家坞村边，水生下了冰床。他望着呆呆站在冰上的女人说：

“你们也到村里去暖和暖和吧。”

女人忍着眼泪，笑着说：

"快去你的吧！我们不冷。记着，好好打仗，快回来，我们等着你的胜利消息。"

➤ 赏 读

　　《嘱咐》充满浓烈的乡土气息，风格清新俊逸，无论是在内容上还是艺术形式上都有着无尽的美，是孙犁短篇小说的优秀代表作之一。文章生动地描写了冀中地区白洋淀一带的人民，面对国民党反动派点燃的战争烈火，毫不畏惧的乐观主义精神。在内容上有三个层次：革命夫妻之间的互相理解、互相支持，充满深情厚谊；抗战时期，人民备尝了各种艰苦，但人民是坚强的；对国民党反动派发动的内战，人民表现出强烈的憎恶，但人民绝不畏惧，坚信解放战争一定会胜利。本文虽然是描写夫妻久别重逢而又匆匆离别，却没有像其他描写离别的作品那样，给人以沉重压抑的感觉，而是写得明快飘逸。全文用人物感情贯串其中，情节运转、人物对话、景物描写等都围绕、渗透和表现着情感。

　　孙犁还充分写出了解放区劳动人民尤其是劳动妇女在战争中的觉醒，挖掘其内在的灵魂美、人情美，以此歌颂美的新时代、新农村的诞生，表现自己对美的追求。中国现代文学史上历来有描写劳动女性的传统，但多数是描写她们所受的苦难，如鲁迅的《祝福》；也有着重描写劳动妇女身上的闪光品质的，如沈从文的《边城》。孙犁所表现的则是劳动女性的灵魂美。他笔下的农村妇女表现出健康的色彩，人物的美好秉性产生于现实的新的阶级关系与生产关系的土壤中，可以说发展了现代文学表现劳动女性灵魂美的传统，集中表现了战争年代的妇女识大体、乐观主义的精神和献身精神相结合的"美的极致"。

采蒲台

越过平原，越过一条大堤，就是白洋淀水乡了。

这里地势低下，云雾很低，风声很急，淀水清澈得发黑色。芦苇万顷，俯仰吐穗。（这一段的景物描写用了"低""急""黑"几个令人望而生畏的形容词，一下子为全篇奠定了不安、紧张的基调。）

自从敌人在白洋淀修起炮楼，安上据点，抢光白洋淀的粮食和人民赖以活命的苇，破坏一切治渔的工具，杀吃了鹅鸭和鱼鹰；很快，白洋淀的人民就无以为生，鱼米之乡，变成了饿殍世界。

正二月间，正是环境残酷，白洋淀的人们没法生活的时候，县里派我到这一带组织渔民斗争，就住在采蒲台。

采蒲台是水淀中央的一个小村庄，平常敌人"扫荡"不到。这里，房屋街道挤得像蜂窠，一条条的小胡同，窄得两个人不能并肩行走，来往相遇，只能侧身让过。一家家的小院落，飘着各色各样的破布门帘。满街鸭子跑，到处苇花飞。

家家墙上张挂渔网，墙角安放锅灶，堆着渔篮、虾篓和打死的水鸭子；院里门前，还要留下一块地方，碾苇和编席。

支部书记把我领到紧靠水边的曹连英家去住下。曹连英四十来岁了，老婆比他小几岁，一个姑娘十七岁了，名叫小红。

连英不好说话，一心做活，手里总是不闲着。媳妇是个活泼敏快的人，好说好笑；女孩子跟娘一样。

支部书记把我安置下了，就要回去。连英的媳妇跟出去，小声说：

"叫同志吃什么呀？"

支部书记说：

"你们吃什么，他就跟着吃什么吧，他知道我们这里的困难。"

"我们，"连英的媳妇笑笑说，"我们光吃地梨。"（"地梨"的学名叫荸荠，俗称马蹄。荸荠既可作为水果，又可算作蔬菜，并不是主食，无法果腹。由此可见白洋淀人民的生活到了水深火热、嗷嗷无告的地步！）

支部书记低头想了想说：

"先熬几天，等开了凌再说。"说完就出门走了。

每天，天不明，这一家人就全起来了。曹连英背上回子，沿着冰上的小路，到砸好的冰窟窿那里去掏鱼。他把那有两丈多长的杆子，慢慢推进冰底下，掏着捞着拉出来，把烂草和小鱼倒在冰上……

小红穿一件破花布棉袄，把苇放在院里，推动大石碌子来回碾轧。她整天在苇皮上践踏，鞋尖上飞破，小手冻得裂口。轧完苇，交娘破着，她提上篮子去挖地梨。直等到天晚了才同一群孩子沿着冰回来，嘴唇连饿带冻，发青发白；手指头叫冰凌扎得滴着血。娘抬头看见，眼里含着泪说：

"孩子饿了，先去吃块糠饼子吧！开了凌，我们拿上席到端村去卖，换些粮食。"

小姑娘嚼着冰硬的饼子说：

"粮食，粮食，什么时候我们才有粮食吃呀！"说完，她望着我。

娘笑着说：

"对，跟同志要吧！他是咱们的一个指望，他来了，我们就又快过好日子了！"

我看在眼里，也酸酸地难过，就说："开了凌，我们去弄些吃喝来！"说着，连英也背着回子回来了，把鱼倒在筛子里。媳妇赶紧接过来，拿到门口水边去淘洗干净，又喊女孩子升火做饭，给爹烤干那湿透的裤子。

曹连英说：

"淀里起风了，凌就要开！"

这一晚上，我听见小红和两个青年妇女（她们的丈夫全参军去了）在外间屋地下编席。她们编着歌儿唱，一边在竞赛着。我记得这样三首：

快快编，快快编，

我小红编个歌儿你看看。

编个什么歌儿呀，

眉子细，席子白，

八路同志走了你还要来。

这些日子，你睡的谁家的炕，

他家的席子

可有我们的白？

你们什么时候来？

你们什么时候来？

我思念你们，应该不应该？

你们远出在外，

敌人，就上咱的台阶！

你快快打回来，

你快快打回来！

这样艰难的日子，

我们实在难挨。

我的年纪虽然小，

我的年纪虽然小，

你临走的话儿

记得牢，记得牢：

不能叫敌人捉到，

不能叫敌人捉到！

我留下清白的身子，

你争取英雄的称号！

风越刮越大，整整刮了一夜。第二天，我从窗口一看，淀里的凌一丝也不见，全荡开了，一片汪洋大水，打得岸边噼噼啪啪地响。

这天正是端村大集，各村赶集的小船很多。

小红和她母亲，也要带着编好的席、织好的网，到集上去换粮食，我也愿意跟着到集上看看。自家的小船就系在门口，只要迈过矮矮的篱笆。小红抱过席捆来，放在船上，娘俩摇船走了。到了端村，各处来的小船全泊在村当中那个小港里。小红卖网，娘去卖席，我到各处去转转，约好早些回来。

端村是水淀有名的热闹地方，三面叫水围着。顺水可以下天津，上水通着几条河路；北面一条大堤，通到旱地上的大村镇。

赶集的人很多，那些老乡们都是惊惊惶惶的。鬼子、汉奸、浪荡女人，在街上横行乱撞。过了木桥，便是网市，有两排妇女对坐着在那里结网卖网。她们把织好的丝网，张挂在墙上，叫太阳一照，耀眼光亮，把回子网兜放在怀里，抖露着叫过往的人看。小红坐在里面，她对那些过往的渔夫们说：

"你们谁买了这一合？我保管你们发大利市①，净得大鱼！"

一个青年渔夫翻翻看看，就又放下了，苦笑着说：

"网是好网，借你的吉幸，也能捞大鱼。可是有什么用啊，鱼比屎还贱，粮食比金子还贵，白费那个力气去干什么！想些别的办法活命吧！"

另一个青年人说：

"这是打鱼的家伙，我倒想买件逮那些王八的家伙，叫他们把我们的水淀搅混了！"

两个人狠狠地说着走了。

随后过来两个老年渔夫，小红又说：

"你们谁买了这一合网，保管你净得大鱼！"

一个老人看了看说：

"喂！真是一副好网。"

另一个老人说：

---

❶ 发大利市：泛指获得很多利润。

"天好，现在也不买那个。能安安生生打鱼吗？"

小红眯着眼问：

"明年哩？"

"明年就能安生？"老人笑了。

"你以为他们要在这里待一辈子吗？你这大伯，真是悲观失望！"小红说着笑了。"这里是我们的家，不是他们的家，这里不是他们的祖业。这里是，这里是，"小红低声说，"是他们的坟茔地！不出今年！我看你还是买了这副网吧，好日子总归不远！"（这里对小红卖力推销渔网的话描写得非常传神生动，体现了她对正义之战必胜的坚定信念和乐观精神，也表现了小红英勇、坚毅的性格。）

两个老人全笑了说：

"好，听你的，孩子。要多少钱呀？"

小红说：

"你看着吧！我们是有些紧用项，要不还留着自己使用哩！"

老人说：

"我知道，现在粮食困难，我给你量半斗米的票！"

我看着小红卖了网，就到席市去。

走过一处洼地，上了堤头。堤上净是卖席篓子的，那些老大娘们守着一堆大大小小的篓子，见人过来，就拦住说：

"要篓子吧！你买了吧！"

"你买了吧，我去量点粮食！"

没有一个人答声。

再过去，是一片场院，这是席市。席一捆一捆地并排放着，卖席的妇女们，站在自己席子头起。她们都眼巴巴望着南边大梢门那里，不断地有人问：出来了没有？还有的挤到门口去张望。那是敌人收席的地方，她们等候着那收席的汉奸出来。

很久不见有人出来，巳牌时以后，人们等得极不耐烦了，那个收席的大官员，本街有名的地主豪绅冯殿甲家的大少，外号"大吉甲"，才前呼后拥地出来。他一手拿着一个丈量席子的活尺，一手提着黑色印桶。一见他露头，卖席的人们就活动起来，有的抱了自己的席，跑到前边去，原来站在前边的就和他争吵起来，说："这是占坟地呀，你抢得这么紧？"那人又只好退回来。有人尽量把自己的席子往前挪一挪。

收席的，开始看梢门口边头一份席，那是小红娘的，不知道她怎么能占得那样靠前。她像很疲累了，弯着腰一张一张掀开席，叫收席的人过眼看成色，量尺丈。收席的像员大将，站在席边，把尺丈一抛，抓起印板就说：

"五百！"

小红的娘吃了一惊，抬起头来说：

"先生，这样的席五百一领呀？"

收席的说：

"这是头等价钱！"

"啊呀！这还是头等价钱！"小红的娘叹口气说，"先生，你说小米子多少钱一斗啊？"

"我买的是你的席，我管你小米子多少钱一斗？"收席的愣着眼说，"不卖？好，看第二份！"（作者用"愣着眼"描写一个令人痛恨的汉奸形象。他根本不管人们的死活，似乎不是在买席子，而是在买人的命！）

他从她的席上踏过，就来看第二家的席。小红的娘呆呆地坐在自己的席上。

第二家卖席的是个年轻人，五百一领，他哭丧着脸答应了，收席的就啪啪地在席上打上印记，过去了。年轻人一边卷着自己的席，一边回头对小红的娘说：

"谁愿意卖呀？不卖你就得饿死，家里两集没有粮食下锅了，你不卖就是死路一条。除了他这里，你没有地方去买苇，他又不让别的客人来收席！大嫂！我看你停会还是卖了吧！"年轻人弯腰背起他那一捆席，到梢门口里去换票去了。

小红的娘低着头说：

"我不卖！"

一开了盘，那些围上来探听的人们，都垂头丧气地回到自己席子那里去了，一路唉声叹气，"五百，头份五百！"干脆就躺倒在自己的席上。

背进席去的人，手里捏着一搭票出来换苇或是换米去了。太阳已经过午。小红的娘抬头看见了我，她许是想起家里等着她弄粮食回去，就用力站起来，一步一步挪到收席的汉奸那里说：

"你收了我那一份席吧！"

"你是哪一份？"汉奸白着眼说。

"就是那头一份。"

"你不是说不卖吗？怎么样，过了晌午，肚子里说话了吧，生成的贱骨头！"

小红的娘卖了席，背进去换了一搭票出来。

我到梢门口那里一望，看见院里和河码头上，敌人收的苇席，垛得像一座座的山。我心里想：这一捆捆的、一张张的席都是这一带的男女老幼，不分昼夜，忍饥挨冻，一尺一寸织成了的。敌人收买席子的办法是多么霸道！自己从小也赶过不少集，从没见过买卖是这样做的！这些卖席的人，竟像是求告乞讨，买席的一定要等到他们肚里饿得不能支持的时候，才肯成交。这还不如明抢明夺！他们设下一层层的圈套拴得老百姓多么紧！

我正要骂出声来，听见收席的汉奸，正调笑一个年轻的妇女：

"你们看人家这个，多白多细！"

那妇女一张一张掀给他看，他又说：

"慢点哪，别扎破你那——小手指头呀！"

我恨不得过去，把那汉奸枪毙了！忍着气同小红娘俩上船回来。

晚上，就召集人们开会。

支部书记说：

"同志，你知道，我们这里村子不大，却是个出鱼米的富庶地方。自从敌人在端村、关城、同口一带安上据点炮楼，扒大堤破坏了稻田，人们就没有粮食吃。我们这里出产好苇，有名的大白皮、大头栽，远近驰名，就是织席编篓，也吃穿不尽。敌人和傍虎吃食的汉奸们又下令，苇席专收专卖，抢了席子去，压低席的价钱，就把人们逼到绝路上来了。端村大街，过去是多么繁华热闹？现在一天要饿死几口人！再有一年工夫，我们这水淀里就没有人了！"

我说：

"我们要组织武装，寻找活路。我们把村里的枪支修理一下，找几只打水鸭的小船，组织一个水上游击队，先弄敌人的粮食，有了粮食，什么也就好办了。这村里能打枪驶船的有多少人？"

连英说：

"驶船的，人人都会。打枪的，要在船上，除非是那些打水鸭的来得准当。"

我说：

"先不要人多，最好是同志们。"

"那也有二十几个。"支部书记说。

游击小队组织起来，一共有十只小船，二十个人。我们就在村南一带去年没有收割的大苇塘里驻扎，每天拂晓和黄昏演习。

就有一天，小红在淀里顺着标志收鱼篓，看见敌人一只对艚大船过来，她绕着弯飞快地来告诉我们。我们在大苇塘附近，第一次袭击了敌人，夺回一大船粮食，分散给采蒲台的人们吃。（小红作为本文的主角，前文对这个勇敢、有智慧的小女孩的铺垫，在此得到了完美的展现。她代表着英勇不屈的采蒲台人，用实际行动保卫家园、捍卫尊严。）

直到现在，白洋淀还流行着这首描写了真实战斗情况的歌儿：

运粮船来到，

弟兄好喜欢；

王队长的盒子枪往上翻，

打得小猴水里钻；

队长下命令，

弟兄往前冲，

不怕流血，

不怕牺牲。

冲到了大船上，

白脖要还枪，

三小队的手榴弹扔在了大船舱，

打得他们见了阎王。

死的见阎王，

活的缴了枪，

盒子大枪敛了一大舱；

嘿！

一大船粮食送进大苇塘！

➤ 赏 读

　　采蒲台于明朝永乐年间建村，距今已有六百多年历史。水域辽阔，烟波浩渺，水势连天，与南方苏杭二城水乡风貌颇似。小说《采蒲台》是孙犁的经典作品，抗日战争让采蒲台有了血与生命的交融，让采蒲台有了英雄的气概，有着刚强血性的一面。孙犁先生的"荷花淀派"已经名扬四海，给采蒲台也带来无限的荣光。

　　《采蒲台》通过描绘小红一家人在抗日战争期间的生活生产、所思所想、一言一行，深刻揭露了日寇和汉奸对抗战根据地人民的残酷剥削，刻画了在艰苦斗争中不畏强权的革命者形象。尤其以小红这一女性形象为指引，突出了觉醒后的农村女性身上的光辉品性。作者缓缓道来，表面上的文字读来像嚼青果般淡醇爽口，清心明目，而内里的人情和人性汹涌着慷慨热血，激情四溢，让人深受感染。

采蒲台的苇

我到了白洋淀，第一个印象，是水养活了苇草，人们依靠苇生活。这里到处是苇，人和苇结合得是那么紧。人好像寄生在苇里的鸟，整天不停地在苇里穿来穿去。

我渐渐知道，苇也因为性质的软硬、坚固和脆弱，各有各的用途。其中，大白皮和大头栽因为色白、高大，多用来织小花边的炕席；正草因为有骨性，则多用来铺房、填房碱；白毛子只有漂亮的外形，却只能当柴烧；假皮织篮捉鱼用。

我来得早，淀里的凌还没有完全融化。苇子的根还埋在冰冷的泥里，看不见大苇形成的海。我走在淀边上，想象假如是五月，那会是苇的世界。

在村里是一垛垛打下来的苇，它们柔顺地在妇女们的手里翻动。远处的炮声还不断传来，人民的创伤并没有完全平复。关于苇塘，就不只是一种风景，它充满火药的气息，和无数英雄的血液的记忆。如果单纯是苇，如果单纯是好看，那就不成为冀中的名胜。

这里的英雄事迹很多，不能一一记述。每一片苇塘，都有英雄的传说。敌人的炮火，曾经摧残它们，它们无数次被火烧光，人民的血液保持了它们的清白。

最好的苇出在采蒲台。一次，在采蒲台，十几个干部和全村男女被敌人包围。那是冬天，人们被围在冰上，面对着等待收割的大苇塘。

敌人要搜。干部们有的带着枪，认为是最后战斗流血的时候到来了。妇女们却偷偷地把怀里的孩子递过去，告诉他们把枪支插在孩子的裤裆里。搜查的时候，干部又顺手把孩子递给女人……十二个女人不约而同地这样做了。仇恨是一个，爱是一个，智慧是一个。

枪掩护过去了，闯过了一关。这时，一个四十多岁的人，从苇塘打苇回来，被敌人捉住。敌人问他："你是八路？""不是！""你村里有干部？""没有！"敌人砍断他半边脖子，又问："你的八路！"他歪着头，血流在胸膛上，说："不是！""你村的八路大大的！""没有！"

妇女们忍不住，她们一齐沙着嗓子喊："没有！没有！"

敌人杀死他，他倒在冰上。血冻结了，血是坚定的，死是刚强！

"没有！没有！"

这声音将永远响在苇塘附近，永远响在白洋淀人民的耳朵旁边，甚至应该一代代传给我们的子孙。永远记住这两句简短有力的话吧！

➤ 赏 读

《采蒲台的苇》是一篇短小优美的诗体小说，寓意深，形象美，结构巧，很有艺术感染力。本文以抗战时期的白洋淀地区为背景，从白洋淀的苇入手，以凄美悲壮的语言叙述了抗战期间冀中平原白洋淀这片神奇的土地上的英雄人民的战斗故事，催人泪下。文中，孙犁以一种细腻的白描手法、浪漫主义的抒情方式来向我们展示他散文方面的才华。在常人看来，苇与人是没有相似点的，可是白洋淀的生活让作者对苇和人都充满了深情，在他眼里，苇不再是单纯的苇，它成了一种生活环境的象征，甚至成为英雄们成长的土壤。

读着《采蒲台的苇》，苇就像充满灵性的人，人则像是有思想感情的苇，读者能从中感受到作者生命深处的淡雅淳朴、一种布衣隐者的清新朴素。1946年春天，孙犁在冀中安平地区采访，他遥望着白洋淀的芦苇，感到有一股巨大的力量蕴藏在其中。采蒲台人民用他们的热血和生命抗击敌人对这片土地的侵犯，保持了苇的清白。而苇的这种纯洁、清白、坚韧的品格正是采蒲台人民的象征，所以本文以《采蒲台的苇》作题，这是一种借物喻人的写法，为采蒲台无名英雄写了一篇朴实、永恒的墓志铭。

 芦 苇

敌人从只有十五里远的仓库往返运输着炸弹，低飞轰炸，不久，就炸到这树林里来，把梨树炸翻。我跑出来，可是不见了我的伙伴。我匍匐在小麦地里往西爬，又立起来飞跑过一块没有遮掩的闲地，往西跑了一二里路，才看见一块坟地，里面的芦草很高，我就跑了进去。

"呀！"

有人惊叫一声。我才看见里面原来还藏着两个妇女：一个三十多岁的妇人，一个十八九岁的姑娘。她们不是因为我跳进来吃惊，倒是为我还没来得及换的白布西式衬衣吓了一跳。我离开她们一些坐下去，半天，那妇女才镇静下来说：

"同志，你说这里藏得住吗？"

我说等等看。我蹲在草里，把枪压在膝盖上，那妇人又说：

"你和他们打吗？你一个人，他们不知道有多少。"

我说，不能叫他们平白捉去。我两手交叉起来垫着头，靠在一个坟头上休息。妇人歪过头去望着那个姑娘，姑娘的脸还是那样惨白，可是很平静，就像我身边这片芦草一样，四面八方是枪声，草叶子还是能安定自己。（此处运用比喻修辞，写出了姑娘如同芦苇一样，在残酷的环境中，安之若素。芦苇也如同坚强的抗日人民，在四面八方的枪声中，平静安稳。可以说，芦苇是姑娘甚至是所有抗日人民的象征。）我问：

"你们是一家吗？"

"是，她是我的小姑。"妇人说着，然后又望一望她的小姑："景，我们再去找一个别的地方吧，我看这里靠不住。"

"上哪里去呢？"姑娘有些气恼，"你去找地方吧！"

可是那妇人也没动，我想她是有些怕我连累了她们，就说：

"你们嫌我在这里吗？我歇一歇就走。"

"不是！"那姑娘赶紧抬起头来望着我说，"你在这里，给我们仗仗胆有什么不好的？"

"咳！"妇人叹一口气，"你还要人家仗胆，你不是不怕死吗？"她就唠叨起来，我听出来她这个小姑很任性，逃难来还带着一把小刀子。"真是孩子气，"她说，"一把小刀子顶什么事哩？"

姑娘没有说话，只是凄惨地笑了笑。我的心骤然跳了几下，很想看看她那把小刀子的模样。她坐在那里，用手拔着身边的草，什么表示也没有。（这处细节描写，写出了姑娘景一方面知道带把小刀子抵御敌人是可笑的，但另一方面也表现出她面对敌人坚决抗击、绝不受辱的刚烈个性。而"我"的心骤然跳动，既是担心，更是对弱女子有如此气节感到惊讶。）

忽然，近处的麦子地里有人走动。那个妇人就向草深的地方爬，我把那姑娘推到坟的后面，自己卧倒在坟的前面。有几个敌人走到坟地边来了，哇啦了几句，就冲着草里放枪，我立刻向他们还击，直等到外面什么动静也没有了，才停下来。

不久天也快黑了，她们商量着回到村里去。姑娘问我怎么办，我说还要走远些，去打听打听白天在梨树园里遇到的那些伙伴的下落。她看看我的衣服：

"你这件衣服不好。"再低头看看她那件深蓝色的褂子，"我可以换给你。先给我你那件。"

我脱下我的来递给她，她走到草深的地方去。一会，她穿着我那件显得非常长大的白衬衫出来，把褂子扔给我：

"有大襟，可是比你这件强多了，有机会，你还可以换。"说完，就去追赶她的嫂子去了。

→ 赏 读

  作品写于1941年抗日战争相持阶段的残酷岁月里。这是抗战的文学，取名《芦苇》，其实是以冀中白洋淀地区朴实无华的植物做象征，实写那些投身抗战、支援抗日的聪明又美丽多情的女性，形象地展示出八路军战士与抗日女性之间同仇敌忾、互相爱护的军民鱼水情谊。芦苇在这篇小说当中，主要代表的是蓬勃向上的精神，也代表不屈的革命群众力量。

  这篇小说的主人公是那个十八九岁的姑娘景，她善良、关心抗日战士，先是为"我"穿着白衬衣而担心，临走时把自己的深蓝裙子换给"我"。她镇静、有主见，在躲避敌人轰炸时，脸色虽然惨白但很平静，怕"我"多心没去其他地方躲着。她勇敢，有与敌人拼死的决心——带把刀子防身。她寡言少语，沉静羞涩，柔顺而又坚强。她的话不多，但是每一句话都很见性格。或拒绝，或澄清误会，或安排换衣服，都透出鲜明的个性。芦苇作为一种意象存在，有一定的寓意，赋予了小说主人公芦苇般的品性与韧性，为小说人物塑造、为故事发展提供了活动的环境。作者深刻表达了对芦苇荡那一战斗环境的热爱和对姑娘景的赞赏。

第3课：中考名著常考
考点归纳与解析2-1

白洋淀边一次小斗争

有一天，我送一封信到同口镇去。我把信揣在怀里，脱了鞋，卷起裤腿，在那漫天漫地的芦苇里穿过。芦苇正好一人多高，还没有秀穗，我用两手拨开一条小道，脚下的水也有半尺深。

我走了半天，才到了淀边，拨开芦苇向水淀里一望，太阳照在水面上，白茫茫一片，一个船影也没有。我吹起暗号，吹过之后，西边芦苇里就哗啦啦响着，钻出一只游击小艇来，撑船的还是那个爱说爱笑的老头。他一见是我，忙把船靠拢了岸。我跳上去，他说：

"今天早啊。"

我说："道远。"

他使竹篙用力一顶，小艇箭出弦一般，窜到淀里。<u>四外没有一只船，只有我们这只小艇，像大海上漂着一片竹叶，目标很小。</u>（用比喻的修辞手法描写了水淀环境——将白洋淀比作"大海"，将小艇比作"竹叶"，既生动形象地衬托出白洋淀的宽广，同时也交代了抗日的自然环境。）他就又拉起闲话来。

老头爱交朋友，干抗日的活很有瘾，充满胜利情绪，他好打比方，证明我们一定胜利，他常说：

"别看那些大事，就只是看这些小事，前几年是怎样，这二年又是怎么样啊！"

　　过去，他是放鱼鹰捉鱼的，他只养了两只鱼鹰，和他那个干瘦得像柴禾棍一样的儿子，每天从早到晚在淀里捉鱼。刚一听这个职业，好像很有趣味，叫他一说却是很苦的事。那风吹雨洒不用说了，每天从早到晚在那船上号叫，敲打鱼鹰下船就是一种苦事。而且父子两个是全凭那两只鱼鹰来养活的，那是心爱的东西，可是为了多打鱼多卖钱，就得用一种东西紧紧地卡住鱼鹰的嗓子，使它吞不下它费劲捉到的鱼去，这更是使人心酸可又没有办法的事。老头是最心痛那两只鱼鹰的，他说，别人就是拿二十只也换不了去；他又说：

　　"那一对鱼鹰才合作哩，只要一个在水里一露头，叫一声，在船上的一个，立刻就跳进水里，帮它一手，两个抬出一条大鱼来。"

　　老头说，这两只鱼鹰，每年要给他抬上一千斤。鬼子第一次进攻水淀，在淀里抢走了他那两只鱼鹰，带到端村，放在火堆上烧吃了。于是，儿子去参加了水上游击队，老头把小艇修理好，做交通员。

　　老头乐观，好说话，可是总好扯到他那两只鱼鹰上，这在老年人，也难怪他。这一天，又扯到这上面，他说：

　　"要是这二年就好了，要在这个时候，我那两只鱼鹰一定钻到水里逃走了，不会叫他们捉活的去。"（先交代鱼鹰被杀事件，揭示了老头和白洋淀人对敌人仇恨的原因，同时也暗示了抗日战争在这两年里已经有了转机，人民已经觉醒，开始抗争。）

　　可是这一回他一扯就又扯到鸡上去，他说：

　　"你知道前几年，鬼子进村，常常在半夜里，人也不知道起床，鸡也不知道撒窠，叫鬼子捉了去杀了吃了。这二年就不同了，人不在家里睡觉，鸡也不在窠里宿。有一天，在我们镇上，鬼子一清早就进村了，一个人也不见，一只鸡也不见，鬼子和伪军们在街上，东走走西走走，一点食也找不到。后来有一个鬼子在一株槐树上发见一只大红公鸡，他高兴极了，就举枪瞄准。公鸡见他一举枪，就哇的一声飞起来，跳墙过院，一直飞到那村外。那鬼子不死心，一直跟着追，一直追到苇垛场里，那只鸡就钻进了一个大苇垛里。"

　　没到过水淀的人，不知道那苇垛有多么大，有多么高。一到秋后霜降，几百顷的芦苇收割了，捆成捆，用船运到码头旁边的大场上，垛起来，就像有多少高大的楼房一样，白茫茫一片。这些芦苇在以前运到南方北方，全国的凉棚上的，炕上的，包裹货物的席子，都是这里出产的。

老头说："那公鸡一跳进苇垛里，那鬼子也跟上去，攀登上去。他忽然跳下来，大声叫着，笑着，往村里跑。一时他的伙伴们从街上跑过来，问他什么事，他叫着，笑着，说他追鸡，追到一个苇垛里，上去一看，里面藏着一个女的，长得很美丽，衣服是红色的。这样鬼子们就高兴了，他们想这个好欺侮，一下就到手了。五六个鬼子饿了半夜找不到个人，找不到东西吃，早就气坏了，他们正要撒撒气，现在又找到了这样一个好欺侮的对象，他们向前跃进，又嚷又笑，跑到那个苇垛跟前。追鸡的那个鬼子先爬了上去，刚爬到苇垛顶上，要直起身来喊叫，那姑娘一伸手就把他推下来。鬼子仰面朝天从三丈高的苇垛上摔下来，别的鬼子还以为他失了脚，上前去救护他。这个时候，那姑娘从苇垛里钻出来，咬紧牙向下面投了一个头号手榴弹，火光起处，炸死了三个鬼子。人们看见那姑娘直直地立在苇垛上，她才十六七岁，穿一件褪色的红布褂，长头发上挂着很多芦花。"

我问：

"那个追鸡的鬼子炸死了没有？"

老头说：

"手榴弹就摔在他的头顶上，他还不死？剩下来没有死的两三个鬼子爬起来就往回跑，街上的鬼子全开来了，他们冲着苇垛架起了机关枪，扫射，扫射，苇垛着了火，一个连一个，漫天的浓烟，漫天的大火，烧起来了。火从早晨一直烧到天黑，照得远近十几里地方都像白天一般。"（这段话用了夸张的修辞手法，写出了苇垛上的火势十分猛烈，也侧面衬托出日本侵略者的凶狠、残暴。）

从水面上远远望过去，同口镇的码头就在前面，广场上已经看不见一堆苇垛，风在那里吹起来，卷着柴灰，凄凉得很。我想，这样大火，那姑娘一定牺牲了。

老头又扯到那只鸡上，他说：

"你看怪不怪，那样大火，那只大公鸡一看势头不好，它从苇子里钻出来，三飞两飞就飞到远处的苇地里去了。"

我追问：

"那么那个姑娘呢，她死了吗？"

老人说：

"她更没事。她们有三个女人躲在苇垛里，三个鬼子往回跑的时候，她们就从上面跳下来，穿过苇垛向淀里去了。到同口，你愿意认识认识她，我可以给你介绍，她会说得更仔细，我老了，舌头不灵了。"

最后老头说：

"同志，咱这里的人不能叫人欺侮，尤其是女人家，那是情愿死了也不让人的。可是以前没有经验，前几年有多少年轻女人忍着痛投井上吊？这二年就不同了啊！要不我说，假如是在这二年，我那两只鱼鹰也不会叫鬼崽子们捉了活的去！"

➡ 赏 读

《白洋淀边一次小斗争》是文学大师"荷花淀派"创始人孙犁先生的名篇，它是一篇散文式的小说，突出反映了"哪里有压迫哪里就有反抗"的精神，更折射出白洋淀的普通老百姓整体反抗意识的觉醒。本文通过老头子与"我"的交谈，描写了红衣姑娘的机智勇敢，更凸显了白洋淀人集体抗日意识的提升。主体由鱼鹰到公鸡，由公鸡引出人；态度由麻木转为愤怒，由愤怒转为反抗。作者通过描写动物的命运，折射出人的命运。

在人物刻画上，作者通过大量的外貌、语言、动作、心理等描写，正面突出老头子自尊自信、爱憎分明、有爱国热情的形象，侧面描绘了一群智勇双全、敢于与敌人正面周旋的白洋淀女性的形象。在环境描写上，本文多次对茂盛的芦苇进行描写，起到了渲染气氛、烘托人物精神境界、加强抒情韵味的作用。

渔民的生活

土地改革给了农村的大生产运动决定的影响，这从白洋淀的渔民生活上，异常明显地看出来。现在，凌还没完全解冻，春天的大规模的捕鱼场面，我还没看到；但是从同口、关城两镇到端村，从大小村庄旁边叮咚的修补船只的声音，和迎着阳光张挂在墙壁上的各色丝网，就可以看到渔民不同往年的热烈情绪。

分得了土地，保证了衣食，消灭了渔巡渔税的剥削，又进一步结成了自己的治鱼的合作社；这样，渔民就有余裕和心情修补油饰自己的船只，细心织结他们的网。

饿着肚皮摇船，含着眼泪撒网，可以概括渔民过去的生活。高利放债，大秤收鱼，却包括不尽那些鱼庄鱼贩对渔民的剥削。

我们在每个生活的角落，扫除了对人民的压榨，对生产的束缚。在白洋淀，渔民的新的生产热情，使我对荡漾在烟波里的生活，有了新的见闻。

十二年的生活，包括美丽和悲壮的斗争。白洋淀的水绿得发黑色，渔民的船只，紧系他们的门前。每当黄昏，家里的人，站在明净的窗前眺望着从烟雾里摇船回来的打鱼的人；渔人下得船来，就进门上炕。

在天下，还有比我们这里更大更多的渔场。但是，我们认为白洋淀的渔场是最可爱的了，因为这里的渔民自己解救了自己。

这里，每一个渔夫都爱唱那个流传了几年的水上游击队的歌儿，那是自编自唱、描写了真实战斗情况的歌儿。每一只船上都存在着战争的伤痕或英雄的标志，代替渔网，这些船只在那几年都载运过战士，安放过枪支。

我无数次看见男人打鱼回来，坐在门前织席的女人，已经在呼唤女孩子升火给爹烘烤衣衫。黄昏一如清晨，他们的生活，美满愉快。

自然，在这个期间，也有很多少年人，因为爱玩枪，放下渔网去打野鸭；那是因为他们在练习，等候进犯的敌人。

➤ 赏 读

日本投降后，孙犁重返冀中，积极参加土地改革和生产互助合作运动，重访白洋淀并深入采访，当年《冀中导报》连续发表了他的《渔民的生活》《织席记》《一别十年同口镇》等作品。孙犁感慨地说："十年战争的时间不算不长，但是这里人民的精神面貌和他们的政治、经济生活发生了翻天覆地的变化。真是战争教育了人民，人民赢得了战争！"

作为一只手拿枪、一只手拿笔，从对敌斗争的战场上成长起来的著名作家，孙犁直接描写白洋淀的作品很多，《渔民的生活》作为"荷花淀派"基础作品也被收入《白洋淀纪事》之中。孙犁的创作跨越了战争与和平的不同时代，但他的文学之根始终深深扎在河北农村的厚土中，不断开拓风景画、风俗画、风情画的新境界。本文描绘出了一幅幅气韵生动、具有鲜明地方色彩的农村生活画卷。作者描绘了那里勤劳朴实、勇于战斗的人民，那里的河堤淀水，那里的风光和一草一木，并将对那里的感情融进自己的作品里，以此来折射时代生活的内蕴。

正 月

1

　　这个大娘，住在小官亭西头路北一处破院的小北屋里。这院里一共住着三家，都是贫农。

　　大娘生了三个女儿。她的小北屋一共是两间，在外间屋放着一架织布机，是从她母亲手里得来的。

　　机子从木匠手里出生到现在，整整一百年。在这一百年间，我们祖国的历史有过重大的变化，这机子却陪伴了三代的女人，陪伴她们痛苦，陪伴她们希望。它叫小锅台烟熏火燎，全身变成黑色的了。它眼望着大娘在生产以前，用一角破席堵住窗台的风口；在生产以后，拆毁了半个破鸡筐才煮熟一碗半饭汤。它看见大娘的两个女儿在出嫁的头一天晚上，才在机子上织成一条陪送①的花裤。一百年来，它没有听见过歌声。

　　大娘小时是卖给这家的。卖给人家，并不是找到了什么富户。这一带有些外乡的单身汉，给地主家当长工，苦到四五十岁上，有些落项的就花钱娶个女人，名义上是制件衣裳，实际上就是女孩子的身价。丈夫四五十，女人十三四，那些汉子都苦得像浇干了的水畦一样，不上几年就死了，留下儿女，

　　————————————
　　① 陪送：陪嫁。

就又走母亲的路。

大姐是打十三岁上，卖给西张岗一个挑货郎担的河南人，丈夫成天住村野小店，她也就跟着溜墙根串房沿。二姐十四上卖给东张岗拉宝局的大黑三，过门以后学得好吃懒做，打火抽烟，自从丈夫死了，男女关系也很乱。

两个女儿虽说嫁了人，大娘并没有得到依靠，还得时常牵挂着。好在小官亭离东西张岗全不远，大娘想念她们了，不管刮风下雨，就背上柴禾筐，走在漫天野地里，一边捡着豆根谷茬，一边去看望女儿。

到了大女儿那里，女婿不在家，就帮她打整打整孩子们，拾掇拾掇零碎活；到了二姑娘那里，看见她缺吃的没烧的，责骂她几句，临走还得把拾的一筐谷茬，倒在她的灶火炕里。

2

大娘受苦，可是个结实人，快乐人，两只大脚板，走在路上，好像不着地，千斤的重担，并没有能把她压倒。她快六十了，牙口很齐全，硬饼子小葱，一咬就两断，在人面前还好吃个炒豆什么的。不管十冬腊月，只要有太阳，她就把纺车搬到院里纺线，和那些十几岁的女孩子们，很能说笑到一处。

她到底赶上了好年头，冀中区从打日本那天起，就举起了革命的红旗！

三姑娘——多儿的婚事，也不能和两个姐姐一样了！

打日本那年，多儿刚十岁。十岁上，她已经能够烧火做饭，拉磨推碾，下地拾柴禾，上树撸榆钱，织布纺线，帮娘生产。

八路军来了，共产党来了，把人民的特别是妇女的旧道路铲平，把新道路在她们的眼前铺好。

她开始同孩子们一块到学校里去。"认识字好！"大娘说，给多儿缝了个书包，买了块石板，在红饼子上抹了香油，叫她吃了上学去。

十二上她当儿童团，十五上她当自卫队，那年全区的妇女自卫队验操，她投的手榴弹最远。（作者没有讲豪言壮语，只用轻轻几笔便塑造出了一个丰满的女性形象。然而这美又是具体实在的，有生活内容的——识字、儿童团、自卫队、手榴弹。艰苦岁月中多儿逐渐成长为一个有着高尚革命情操的、可敬可爱的冀中革命战士。）

经过抗战胜利，经过平分土地，她今年十八岁了。

3

多儿正在发育，几年间，不断有人来给她说婆家。

姐姐常常是妹妹的媒人，她们对多儿的婚事都很关心。腊月里，大姐分了房子地，就和丈夫商量：

"从我过门，逢年过节，也没给娘送过一个大钱的东西，我们过的穷日子，自己的吃穿还愁不来，她自然不会怪罪咱。今年总算是宽绰些了，我想到集上买点东西，上娘家去一趟，顺便看看小三的婆家说停当了没有。"

丈夫是个老实热情的人，答应得很高兴。到集上买了一串麻糖，十个柿子，回来自己又摊上几个炉糕儿，拿个红包袱裹了，大姐就到小官亭来。

到了娘家，正赶上二姐也来了，她说村里正在改造她的懒婆懒汉。

多儿从冬学里回来，怀里抱着一本书，她的身子发育得匀称结实，眉眼里透着秀气。娘几个围坐在炕上说话，一下就转到她的婚事上去。开头，这是个小型的诉苦会，大姐说可不能再像她那时候，二姐说可不能再像她那样子；多儿把书摊在膝盖上，低着头，一句话也不说。

娘说，有人给多儿说着个富裕中农，家底厚，一辈子有吃的有做的就行了。大姐不赞成，嫌那一家人顽固，不进步。她说有一家新升的中农，二姐又不赞成，她说谁谁在大地方做买卖，很发财，寻了人家，可以带到外边，吃好的穿好的，还可以开眼。没等她说完，娘就说："我的孩子不上敌占区！"

（这里母女三人对多儿婚事的不同主张，准确地表现了三个人的性格特点和觉悟水平，显示着她们各自的生活烙印。这类朴素而寓意丰富的描写，所给予读者的，不单单是故事的曲折性，更是现实中生活和人物的真实印象。）

娘几个说不到一块，吵了起来。二姐说：

"这也不投你们的心思，那也不合你们的意！你们倒是打算怎么着呀？

看看快二十了，别挑花了眼，老在炕头上！"

"别吵了！别吵了！别替我着急了！"多儿眯缝着眼，轻轻磕着鞋底说。

"我们不替你着急，替谁着急呀！"大姐说，"你说，你有对象了吗？"

多儿点点头。两个眼角里，像两朵小小的红云，飘来飘去。

"是谁？"

多儿把书合起，爬下炕去跑了。

二姐追出去把她拉了回来：

"你说出来！大家品评品评！"

"这是叫你审官司呀？就是大官亭的刘德发！"多儿说完，就伏在炕上不动了。（围炕说婚事的场景，多儿开始是"低着头，一句话也不说"，然后是"眯缝着眼，轻轻磕着鞋底说"，最后"把书合起，爬下炕去跑了""伏在炕上不动"，寥寥几笔，就将一个有主见、有学识、沉着稳重又害羞的三姑娘形象描绘出来了。）

4

"德发呀！"娘和两个姐姐全赞成。德发是大官亭新农会的副主席。二姐说："你们想必是开会认识的。"

"区长给介绍的。"多儿低声说。

"人家定了日子没有？"

"就在今年正月里。"

"嗨！这么慌促了，你还装没事人，你这孩子！快合计合计吧！看该添什么东西，我去给你买去！"大姐嚷着说，"可不要像我那个时候，咱娘只给买了一个小梳头匣，就打发着走！"

二姐说：

"你还有个梳头匣，我连那个也没有，娶过去，应名是新媳妇，一见人就害臊。人家地主富农的闺女们，穿的什么，戴的什么，不敢和人家一块去赴席，心里多难过！眼下，我们翻了身，也得势派势派！三妹子，你说吧，要什么缎的，要什么花的，我们贫农团就要分果实了，我去挑几件，给你填填箱！"

娘说：

"这村也快分了，你该去挑对花瓶大镜子，再要个洋瓷洗脸盆，我就是稀罕那么个大花盆！"

多儿说：

"你们说的那些东西，我都不要，现在我们翻身了，生产第一要紧。我们这里有张机子，是从高阳那里兴过来的，一天能卸两个布，号价七十万，我想卖了咱这张旧机子，买了那张新机子，钱还是不够，你们要愿意帮助我，就一个人给我添十万块钱吧！"（这里用前文的"花瓶大镜子""洋瓷洗脸盆"等来烘托出有主见、有远见的多儿早就打定主意换掉织布机，促进生产，这同时也是再次点题。）

两个姐姐说："回去就拿钱来。"

5

可是一提卖这张旧机子，娘不乐意。她说：

"这是我从你姥姥手里得来的家业过活，跟了我几十年，全凭它把你们养大成人，不能把它卖了，我舍不得它！"

"这就是娘的顽固落后，"多儿说，"旧的不去，新的不来呀！"

"新的，我就不待见那些新的，你会使吗？买来放着看样呀？还不如旧的办事哩！"娘说。

"不会使，学呀，"多儿笑着说，"我们什么学不会？从前，我们会打日本吗？会斗地主吗？不全是学会的？"

"你巧，你学得会，我老手老脚，又叫我像小孩子一样，去学新鲜，我不学！"

"娘就是这样保守。好像舍不得你这穷日子似的，什么也不愿意换，往后有了好房子住，你还舍不得离开我们这小破北屋哩！"多儿说着又笑了。

"我这小破北屋怎么了？"娘说，"没有这小破北屋，还养不活你哩！"

"怎么样？"多儿拍着手，"说着你就来了，不是？"

什么时候娘也说不过女儿，到底是依了她。第二天，多儿叫来几个一头的小姑娘们，把旧机子抬到集上卖了，又去买了那张新机子，抬回家里来。她把里屋外间，好好打扫了一番，才把这心爱的东西，请进屋里去，把四条腿垫平，围着它转了有十来个遭儿。

小屋里放上这张新机子，就好像过去有两个不幸福的姐姐，现在有了幸福的妹妹。它使这小屋的空气改变了，小屋活泼起来，浮着欢笑。（新时代的来临，让多儿的婚事不再走母亲和两个姐姐的老路。卖掉旧的织布机，买回新机子，多儿开始了幸福的劳动，为自己织就新装。织布机的意蕴极为深厚，新旧织布机的替换，不正是时代交替的重要象征吗？）

多儿对娘说：

"什么也在这张机子上，头过门，我要织成二十一个白布。把布卖了，赚来的钱，就陪送我，娘什么也不用管。"

娘帮她浆线落线。她每天坐在机子上，连吃饭也不下来。她穿得干干净净，头发梳得光亮。在结婚以前，为什么一个女孩子的头发变得那样黑，脸为什么老是红着？她拉动机子，白布在她的胸前卷出来，像小山顶的瀑布。她的头微微歪着，身子上下颤动，嘴角上挂着猜不透的笑。挺拍挺拍，挺拍挺拍，机子的响动就是她那心的声音。

这真是幸福的劳动。她织到天黑，又挂上小小的油灯，油灯擦得很亮。在冀中平原，冬天实际上已经过去，现在，可以听到村边小河里的冰块融解破碎的声音。

她织成了二十一个布，随后，她剪裁了出嫁的衣服和鞋面。

她坐在小院里做活，只觉得太阳照得她浑身发热。她身后有一棵幼小时候在麦地锄回来的小桃树，和她一般高。冬天，她给它包上干草涂抹上泥，现在她把泥草解开，把小桃树扶了出来。

春天过早挑动了小桃树，小桃树的嫩皮已经发紫，有一层绿色的水浆，在枝脉里流动。

6

从腊月到正月，这一段日子过得特别快，明天就是正月十五，多儿的喜日了。

多儿把小院里打扫干净，就在屋里藏起来。

这天，赶上小区在这村里召开联席会，各村的代表全来了，问题讨论完了，区长问：

"各村里，还有事没有？"

大官亭的代表是个老头，说：

"小官亭的代表先别走，有个事和你商量一下。"

小官亭的代表是个女的，就说：

"同志，你有什么问题，就提出来大家讨论吧！"

"不碍别村的事，"大官亭的代表说，"光我们两个人商量一下，就能办事！"

人们刚爬下炕来，各人找寻各人的鞋，准备回去，一听他说得有趣，就哄的一声笑起来。

大官亭的代表说：

"你们别笑，我说的是正经事，你知道我们副主席刘德发吧？"

"知道啊！"小官亭的代表说，"他不是寻了我们妇女部长小多儿了吗？"

"对呀！"大官亭的老头说，"他们明天就过事，我们贫农团叫我代表，向你提出来，这件亲事，我们要热闹热闹！"

"你们怎么计划的呀？"小官亭的代表问。

"我们也没什么，我们是预备动员贫农团全体车辆，村剧团的鼓乐，高级班的秧歌。事先通知你们一声，别弄得你们措手不及！"

"哈！"小官亭的女代表说，"你别小看我们，我们村子小是情真，人可见过世面，你们来吧，我们拉不了趟！"

"那就好。"大官亭的代表说，"你们预备几辆大车送亲？"

"别觉着你们大官亭车马多！"女代表的脸红了一下。

区长说：

"过事么，是该热闹热闹，不过不能浪费。"

"一点也不浪费，"大官亭的代表说，"正月里没事，人马闲着也是闲着，再说，我们倒是有花轿官轿，我们不用那个，改用骑马，我们嫌那个封建！"

7

第二天，就是好日子。天空上只有两朵白云，它们飘过来，前后追赶着，并排浮动着；阳光照着它们，它们叠在一起，变得浓厚，变得沉重，要滴落下来的样子。

大官亭的礼炮一响，小官亭的人们就忙起来，女代表同鼓乐队赶紧到村口去迎接。大官亭的人马真多，头车来到了，尾车还留在大官亭街里。两个村的鼓乐队到了一处，就对敲起来，你一套我一套，没有个完。两个村的小学生混到一块跳起来，小花鞋尖踢起土来，小红脸蛋上流着汗。

多儿的两个姐姐，今天全打扮得很整齐，像护驾的官员，把穿着一身大红的多儿扶到马上去。多儿拉住缰绳，就叫她们闪开了。

区长登在高凳上讲话，他庆贺着新郎新妇和两个村庄的翻身农民。

吹吹打打，把多儿娶走了。

在路上，多儿骑的小红马追到前头去，她拉也拉不住。小红马用头一顶德发那匹大青马，大青马吃了一惊，尥了一个蹶子就跑起来。两匹马追着跑，并排着跑，德发身上披的红绸搅在多儿的腰里，扯也扯不开。

➤ 赏 读

　　1950年开始的土改运动，像暖流融化了坚冰积雪，像春风吹绿了枯枝败柳，使广大贫苦农民不仅在政治上、经济上得以彻底翻身，而且使他们的生活观念和婚姻方式也发生了巨大变化。孙犁以饶阳县大官亭村一带的真实故事为素材创作的著名短篇小说《正月》，就生动感人地反映了这个变化。正月，是人们告别严冬进入春天的转折，是新年伊始万象更新的第一个月份，这也是作者把《正月》作为小说题目的初衷吧。

　　《正月》所写的，虽是"大娘"三个女儿的婚嫁，却可以从中窥见人民的苦难和祖国的新生。多儿姐仨极具典型性的婚姻生活反映了农民翻身前后思想观念和生活方式的深刻变化。作者阅世之深和行文之力，往往使作品着墨不多而意境深远、韵味无穷。通过看来很平常的事件，反映了根据地人民生活的健康脉搏和时代的深刻变化。作者还善于对生活的矿藏进行深入开掘，从中提炼和描写那些真正可以构成文学作品的语言、情节和场面。这篇小说的写作也表明了孙犁观察生活的细致和感悟生活的敏锐。

第4课：中考名著常考
考点归纳与解析2-2

小胜儿

1

冀中有了个骑兵团。这是华北八路军的第一支骑兵，是新鲜队伍，立时成了部队的招牌幌子，不管什么军事检阅、纪念大会，头一项人们最爱看的，就是骑兵表演。

马是那样肥壮，个子毛色又整齐，人又是那样年轻，连那个热情的杨主任，也不过二十一岁。

农民们亲近自己的军队，也爱好马匹。每当骑兵团在早晨或是黄昏的雾露里从村边开过，农民们就放下饭碗，担起水筲①，帮助战士饮马。队伍不停下，他们就站在堤头上去观看：

"这马是怎么喂的，个个圆膘！庄稼牲口说什么也比不上。"

"骑黑马的是杨主任，在前面背三件家伙的是小金子！"

"这孩子！你看他像粘在马上一样。"

小金子十七岁上参加了军队，十九岁给杨主任当了警卫员，骑着一匹从日寇手里夺来的红洋马。

远近村庄都在观看这个骑兵团。这村正恋恋不舍地送走最后一匹，前村

---

① 水筲：shuǐ shāo，水桶。

又在欢迎小金子的头马了。

今天，队伍不知开到哪里去，走得并不慌忙，很是严肃。从战士脸上的神情和马的脚步看来，也不像有什么情况。

"是出发打仗？还是平常行军？"一个青年农民问他身边一个青年妇女。

"我看是打仗去！"妇女说。

"你怎么看得出来，杨主任告诉你了？"

"我认识小金子。你看着，小金子噘着嘴，那就是平常行军，他常常舍不得离开房东大娘。脸上挂笑，可又不笑出来，那准是出发打仗。傻孩子！你记住这个就行了。"

2

这个妇女是猜着了。过了两天，这个队伍就打起仗来，打的是那有名的英勇壮烈的一仗。敌人"五一大扫荡"突然开始，骑兵团分散作战，两个连突到路西去，一个连做后卫陷入了敌人的包围，整整打了一天。<u>在五月麦黄的日子，冀中平原上，打得天昏地暗，打得树木脱枝落叶，道沟里鲜血滴滴。</u>（战士的鲜血又把我们召回到那个炮火连天的时代，这时的冀中平原具有一种悲壮的英雄色彩：作者那些年来所走过来的道路，没有一处不被血染的风采所照耀。他们在战争中送走了火红的年华、火红的岁月，本文也是他们经历的血与火的艺术记录。）杨主任在这一仗里牺牲了，炮弹炸翻的泥土，埋葬了他的马匹。小金子受了伤，用手刨着土掩盖了主任的尸体，带着一支打完子弹的短枪，夜晚突围出来，跑了几步就大口吐了血。

这是后话。现在小金子跑在队伍的前面，轻快地行军。他今天脸上挂笑，是因为在出发的时候，收到了一件心爱的东西。一路上，他不断抽出手来摸摸兜囊，这小小的礼品就藏在那里面。

太阳刚刚升出地面。太阳一升出地面，平原就在同一个时刻，承受了它的光辉。太阳光像流水一样，从麦田、道沟、村庄和树木的身上流过。这一村的雄鸡接着那一村的雄鸡歌唱。这一村的青年自卫队在大场院里跑步，那一村也听到了清脆的口令。

一路上，大麻子①刚开的紫色绒球一样的花，打着小金子的马肚皮，阵阵的露水扫湿了他的裤腿。他走得不慌不忙，信马由缰。主任催他：

"小金子同志，放快些吧，天黑的时候，我们要到石佛镇宿营哩！"

"报告主任，"小金子转过身来笑着说，"就这样走法，也用不着天黑！"

"这样热天，你愿意晒着呀？"主任说，"口渴得很哩！"

小金子说：

"过了树林，前面有个瓜园，我去买瓜！我和那个开瓜园的老头有交情，咱们要吃瓜，他不会要钱。可是，现在西瓜还不熟，只能将就着摘个小酥瓜吃！"

主任说：

"怎么能白吃老百姓的瓜呢？把水壶给我吧！"

递过水壶去，小金子说：

"到了石佛，我给主任去号一间房，管保凉快，清净，没有臭虫！"

他从兜囊扯出了那件东西，一扬手在马屁股上抽了一下，马就奔跑起来。

主任的小黑马追上去，主任说：

"小金子！那是件什么东西？"

"小马鞭！"小金子又在空中一扬。<u>那是一支短短的，用各色绸布结成的小马鞭，像是儿童的玩具。</u>（作者抽丝剥茧般地揭开谜团，小金子兜囊里装着的"心爱的东西"，原来是小马鞭。用各种颜色的绸布做成，透出一股女性色彩，进一步引起读者的好奇心。）

"你总是顽皮，哪里弄来的？我们是骑兵，还用马鞭子？"主任笑着。

"骑兵不用马鞭，谁用马鞭？戏台上的大将，还拿着马鞭打仗哩！"小

---

❶ 大麻子：蓖麻，大戟科植物的一种，一年生或多年生草本植物。

金子说。

"那是唱戏，我们要腾开手来打仗，用不着这个。进村了，快收起来，人家要笑话哩！"主任说。

小金子又看了几看，才把心爱的物件插到兜囊里去，心里有些不高兴。他想人家好心好意给做了，不能在进村的时候施展施展，多么对不住人家？人家不知道费了多大工夫哩！

主任又问了：

"买的，还是求人做的？"

"是家里捎来的。"

"怎么单捎了这个来？"

"他们准是觉得我当了骑兵，缺少的就是马鞭子，心爱的也是这个。"

"怎么那样花花绿绿？"

"是个女孩子做的，她们喜欢这个颜色！"

"是你的什么人呀？"

"一家邻舍，从小一块长大的。"

主任没有往下问，在年岁上，他不过比小金子大两岁。在情感这个天地里，他们会是相同的。过了一刻，他说：

"回家或是路过，谢谢人家吧！"

3

五月里打过仗，小金子受伤回到家里，他饭也吃不下，觉也睡不着。主任和那些马匹，马匹的东奔西散，同志们趴在道沟里战斗牺牲……老在他眼前转，使他坐立不安。黑间白日，他尖着耳朵听着，好像那里又有集合的号音、练兵的口令、主任的命令、马蹄的奔腾；过了一会又什么也听不见。他的病一天一天重了。

小金子的爹，今年五十九岁了，只有这一个儿子。他给小金子挖了一个洞，洞口就在小屋里破旧的迎门橱后面。出口在前邻小胜儿家。小胜儿，就是

<u>给小金子捎马鞭子的那个姑娘。</u>（女主人公终于出场了。温柔多情的小胜儿，给人以多么美好的精神影响啊！孙犁用彩笔描画这个山区少女，把她推向阳光照射之下、春风吹拂之中来加以渲染。）

小胜儿的爹在山西挑货郎担，十几年不回家了。那年小金子的娘死了，没人做活，小金子的爹，心里准备下了一堆好话，把布拿到前邻小胜儿的娘那里。小胜儿的娘一听就说：

"她大伯，你别说这个。咱们虽说不是一姓一家，住得这么近，就像一家似的，你有什么活，尽管拿过来。我过着穷日子，就知道没人的难处，说句浅话，求告你的时候正在后头哩。把布放下吧，我给你裁铰裁铰做上。"

从这以后，两家人就过得很亲密。

小金子从战场回来，小胜儿的娘把他抱在怀里，摸着那扯破的军装说：

"孩子，你们是怎么着，爬着滚着地打来呀，新布就撕成这个样子！小胜儿，快去给你哥哥找衣裳来换！"

小金子说：

"不用换。"

"傻孩子，"小胜儿的娘说，"不换衣裳，也得养养病呀！看你的脸成了什么颜色！快脱下来，叫小胜儿给你缝缝。你看这血，这是你流的……"

"有我流的，也有同志们流的！"小金子说。

母女两个连夜帮着小金子的爹挖洞，劝说着小金子进去养病养伤。

4

敌人在田野拉网清剿，村里成了据点，正在清查户口。母女两个整天为小金子担心，焦愁得饭也吃不下去。她们不让小金子出来，每天早晨，小胜儿把饭食送进洞里去，又把便尿端出来。

那天，她用一块手巾把头发包好，两只手抱着饭罐，从洞口慢慢往里爬。爬到洞中间，洞里的小油灯忽地灭了，她小声说："是我。"把饭罐轻轻放好，从身上掏出洋火，擦了好几根，才把灯点着。洞里一片烟雾，她看见小金子靠在潮湿的泥土上，脸色苍白得怕人，一言不发。她问：

"你怎么了？"

"这样下去，我就死了。"小金子说。

"这有什么办法呀？"小胜儿坐在那像在水里泡过的褥子上，"鬼子像在这里住了老家，不打，他们自己会走吗？"她又说："我问问你，杨主任牺牲了？"

"牺牲了。我老是想他。"小金子说，"跟了他两三年，年纪又差不多，老是觉着他还活着，一时想该给他打饭，一时想又该给他备马了。可是哪里去找他呀，想想罢了！"

"他的面目我记得很清楚，"小胜儿说，"那天，他跟着你到咱们家来，我觉着比什么都光荣。说话他就牺牲了，他是个南方人吧？"

"离我们有九千多里地，贵州地面哩。你看他学咱这里的话学得多像！"小金子说。

小胜儿说：

"不知道家里知道他的死讯不？知道了，一家人要多难过！自然当兵打仗，说不上那些。"

小金子说：

"先是他同我顶着打，叫同志们转移，后来我受了伤，敌人冲到我面前，他跳出了掩体和敌人拼了死命。打仗的时候，他自己勇敢得没对儿，总叫别人小心。平时体贴别人，自己很艰苦。那天行军，他渴了，我说给他摘个瓜吃，他也不允许。"

"为什么，吃个瓜也不允许？"小胜儿问。

"因为不只他一个人呀。我心里有什么事，他立时就能看出来。也是那天，我玩弄你捎给我的小马鞭，他批评了我。"

"那是闹着玩的，"小胜儿说，"他为什么批评你哩？"

"他说是花花绿绿，不像个战士样子，我就把马鞭子装起来了。可是，过了一会，他又叫我谢谢你。"

"有什么谢头，叫你受了批评还谢哩！"小胜儿笑了一下，"我们别忘了给他报仇就是了！你快着养壮实了吧！"

5

小胜儿从洞里出来，就和她娘说：

"我们该给小金子买些鸡蛋，称点挂面。"

娘说：

"叫鬼子闹的，今年麦季没收，秋田没种，高粱小米都吃不起，这年头摘摘借借也困难。"

小胜儿说：

"娘，我们赶着织个布卖了去吧！"

娘说：

"整天价逃难，提不上鞋，哪里还能织布？你安上机子，知道那兔羔子们什么时候闯进来呀？"

"要不我们就变卖点东西？人家的病要紧哩！"小胜儿说。

"你这孩子！"娘说，"什么人家的病，这不像亲兄弟一样吗？可是，咱一个穷人家，有什么可变卖的哩，有什么值钱的物件哩？"

小胜儿也仰着脖子想，她说：

<u>"要不，把我那件袄卖了吧！"</u>（女孩子将自己最珍贵的物件拿出来变卖，就为了给革命战士买食物养病。这是非常生活化的情节，却直指人心，女主人公的形象瞬间高大起来。）

"哪件袄？你那件花丝葛袄吗？"娘问着，"哪有还没过事，就变卖陪送的哩？"

小胜儿说：

"整天藏藏躲躲的，反正一时也穿不着，不是埋坏了，就是叫他们抢走了，我看还是拿出去卖了它吧！"

"依我的心思呀，"娘笑着说，"这么兵荒马乱，有个对事的人家，我还想早些打发你出去，省得担惊受怕哩！那件衣裳不能卖，那是我心上的一件衣裳！"

"可是，晚上，他就没得吃，叫他吃红饼子？"小胜儿说，"今儿个是集日，快拿出去卖了吧！"

到底是女儿说服了娘，包起那件衣服，拿到集上去。集市变了，看不见年轻人和正经买卖人，没有了线子市，也没有了花布市。胜儿的娘抱着棉袄，在十字路口靠着墙站了半天，也没个买主。晌午错了，才过来个汉奸，领着一个浪荡女人，要给她买件衣裳。小胜儿的娘不敢争价，就把那件衣裳卖了。她心痛了一阵，好像卖了女儿身上的肉一样。称了一斤挂面，买了十个鸡蛋，拿回家来，交给小胜儿，就啼哭起来。天还不黑就盖上被子睡觉去了。

小胜儿没有说话，下炕给小金子做饭。现在天快黑了，她手里劈着干柳树枝，眼望着火，火在她脸上身上闪照，光亮发红。她好像看见杨主任的血，看见小金子苍白的脸，看见他的脸慢慢变得又胖又红润了。她小心地把饭做熟，早早地把大门上好，就爬到洞口去拉暗铃。（作者丝丝入扣地写了小胜儿照料伤病员时的心境。作者用火光来衬托她的美，使人愈发爱上这个姑娘。作者圆熟地运用传神的心理描写和周遭环境所造成的意境，使人物的心灵美和自然的朴素美交相辉映，把美的境界烘托出来，产生一种夺人心魄的力量。）一种微小的柔软的声音，在地下响了。不久，小金子就钻了出来。

这一顿饭，小金子吃得很多，两碗挂面四个鸡蛋全吃了，还有点不足心的样子。他吃完了饭，一抹嘴说：

"有什么吃什么就行了，干什么又花钱？"

"哪里来的钱呀，孩子，是你妹子把陪送袄卖了，给你养病哩！卖了，是叫个好人穿呀！叫那么个烂货糟蹋去了，我真心痛！你可别忘了你妹子！"小胜儿的娘在被窝里说。

"我们这是优待八路军，用不着谢，也用不着报答！"小胜儿低着头笑了笑，收拾了碗筷。

小金子躺在炕上。小胜儿用棉被把窗子堵了个严又严，把屋门也上了。她点起一个小油灯，放在墙壁上凿好的一个小洞里，面对着墙做起针线来，不住尖着耳朵听外面的风声。

在冀中平原，有多少妇女孩子在担惊，在田野里听着枪声过夜！她回过头来说：

"我们这还算享福哩，坐在自己家里的炕上——怎么你们睡着了？"

"大娘睡着了，我没睡着。"小金子说，"今天吃得多些，精神也好些，白天在洞里又睡了一会，现在怎么也睡不着了。你做什么哩？"

"做我的鞋，"小胜儿低着头说，"整天东逃西跑，鞋也要多费几双。今年军队上的活，做得倒少了。"

"像我整天钻洞，不穿鞋也可以！"小金子说。听着他的声音，小胜儿的鼻子也酸了，她说：

"你受了伤，又有病，这说不上。好好养些日子，等腿上有了力气，能走长路了，就过铁道找队伍去。做上了我的，就该给你铰底子做鞋了！"（做鞋、唠家常的平常场景，在作者的笔下随处可见。然而作者就是通过这些平凡场景塑造了一个个并不亚于男子热情和英勇的女性形象。为了革命的胜利，她们担负起养家度日、组织生产、看护伤员、掩藏战士的责任。）

小胜儿放下活计，转过身来，她的眼睛在黑影里放光。在这样的夜晚，敌人正在附近村庄放火，在田野、村庄、树林、草垛里搜捕杀害冀中的人民……

➤ 赏 读

孙犁的这篇小说作于1950年，所写的骑兵团的事迹是听人述说的真人真事。战争与革命，改变了人们的生活。孙犁的创作是他个人对这一伟大时代、神圣战争所做的真实记录。严酷的战争带来的伤害和恐惧，远远超过其他自然灾祸，瓦解着农村自足性的经济基础和生存状态。因此，人们种不了田，吃不上饭，刨不出食，文章的女主人公小胜儿不得不卖掉最珍贵的陪嫁衣服来照顾战士。

水乡人民，尤其是那些女性识大体、顾大局、不畏艰难的心灵美，让孙犁内心激荡不已。孙犁在《小胜儿》中着重刻画了一个栩栩如生的农村女孩子小胜儿的形象，给读者提供了想象、回味的审美天地。比如小胜儿为了让伤员小金子早日康复，变着法儿地给他做饭，但是穷人家缺衣少吃，细粮很快就吃完了，善良的她真不忍心让伤员吃粗粮"红饼子"（高粱面做的饼子，呈红褐色，口感不好）。小胜儿主动承担起生活责任，表现了对自己的亲人和战士的温柔多情、细致体贴。这些生活化的细节写得简洁、纯净、清正，散发着荷花一般的清香，显示出农村新型女性的真善美。

第5课：中考名著常考
考点归纳与解析3

秋　千

　　张岗镇是小区的中心村，分四大头。工作组一共四个人，一人分占一头，李同志还兼着冬学的教员。他在西头工作，在西头吃派饭，除去地主富农家，差不多是挨门挨户一家三天。不上一个月，这一头的大人孩子就全和他熟了。

　　这几天，冬学里讨论划阶级定成分，人们到得很多。西头有一帮女孩子，尤其是学习的模范。她们小的十四五，大的十七八，都是贫农和中农的女儿。她们在新社会里长大，对旧社会的罪恶知道得很少。她们从小就结成一个集团，一块纺线，一块织布；每逢集日，一块抱着线子上市，在人群里，她们的线显得特别匀细。要买你就全买，要不就一份也不卖，结果弄得收线的客人总得给她们个高价。卖了线，买一色的红布做棉裤，买一个花样的布做袄，好像穿制服一样。（这一段浓墨重彩地描绘了这群女孩子的日常生活，特别有意味地写到她们一起到集上卖线，要求买方要么照单全收，要么一份别买，卖出好价钱后，她们买一色的红布做棉裤，"好像穿制服一样"，暗指女主人公大绢是跟一群贫下中农的姑娘共同成长的，背景和阶级是一致的。）

　　她们吃过晚饭，就凑齐了上学去，在街上横排着走。在黑影里，一听是她们过来了，人们就得往边上闪闪。只许你踏在泥里，她们是要走干道的，晚上也都穿着新鞋。

　　冬学设在小学校的大讲堂里，她们总是先到，等着别人。

这天，李同志拖着一双大草鞋，来到学校里，灯已经点着了。

女孩子们挤在前边一条长凳上，使得那条板凳不得安闲。一会翘起这头，一会翘起那头，她们却嗤嗤地笑。

李同志笑着问：

"今天谁点的灯啊？"

"是大绢！——大绢是模范。"她们喊着。

"咱们的冬学越来越热闹！"李同志说。

"这是——因为你讲话讲得妙！"那个叫大绢的女孩子回答，简直像是唱歌。

"我看是这个问题很重要！"李同志说。

"大家都想知道知道——自己是什么成分。"大绢笑了半截，强忍耐住了。

说着屋里已经挤满了人，女的也不少。男人把板凳让出来，有的就坐到窗台上去。

"人到得差不多了，开讲吧！"

李同志站到大碗油灯前面。他讲什么叫地主富农，什么叫剥削。他讲到那些要紧的关节，叫大家记住，叫大家举本村的例子，叫大家讨论和争辩。那时我们的政策，有些部分还不如后来那么十分明确，比如确定成分的年月是"事变前三年到六年"。

先讨论村里明显的户，谁家是地主，谁家是富农。最后李同志叫人们再想一想，他严肃地说：

"根据我们讲的，大家看看还有遗漏的没有？"

人们沉静了一会。有几声咳嗽，有几声孩子哭，有几个人出去走动了走动。忽然有一个人报告：

"我不怕得罪人，我说一户：西头大绢家，剥削就不轻，叫我看就是富农。大家可以争取争取（就是讨论讨论）！"

李同志静静地听着。说话的人站在人群的后面，看不见他的脸，李同志听出是东头扎花炮的刘二壮，他的嗓门很高。人们都望着大绢。李同志觉得在他的面前，好像有两盏灯刹地熄灭了，好像在天空流走了两颗星星。他注意了一下，坐在他前面长凳上的大绢低下了头，连头发根都涨红了。（此处神态描写十分传神——听到刘二壮的揭发，大绢的神态、精神立刻发生了变化，"好像有两盏灯刹地熄灭了，好像在天空流走了两颗星星""连头发根都涨红了"，说明大绢突然遭遇到了生命中的重大危机。）

同大绢坐在一条凳子上的女孩子们，也都低下了头。停了一会，那个叫喜格儿的扭动一下身子，回过头去红着脸说：

"你报告报告她家的情况！"

"当然我得有根据，"刘二壮说，"咱们谁也别袒护！"

"什么袒护呵？你说这话就不正确，李同志不是说叫讨论吗？咱们这是学习哩！"女孩子们全体转过身去对抗着。

"你看你们那方式方法！"刘二壮说，"好，我就报告报告她家的情况：她爷爷叫老灿，当过顺兴隆缸瓦店的大掌柜；家里种到过五十亩地，喂过两个大骡子，盖了一所好宅子，这谁不知道？"

"有没有剥削？"李同志问。

"怎么没有？他当着掌柜，家里又没有别人，问问他那五十亩地谁给他种的？那剥削准有百分之二十五！"

"什么时间？"李同志又问。

"不多几年！反正出不了三年六年那一段。"刘二壮说。

"同志！我说一说行不行？"大绢站起来，转脸望着后面，忍着眼泪。李同志点一点头。她说：

"乡亲们！谁也知道日本人把俺家烧了个一干二净。从我记事起，我们过的是多么寒苦的日子！我从小就两只手没有闲着过，十三上织布，十岁就纺卖线；地里的活，我敢说不让一个男孩子。你们横竖都见来着，现在刘二壮说我们剥削过人，我哪见过大骡子大车呀？"

人们都望着她。她才十五岁，起初人们心里想，这么大的一个孩子，能当着这么些个人说这么几句，像干爆豆似的，可真算不错了。（作者用赞美的口吻写出工作组允许自辩时，大绢年纪轻轻，却当众侃侃而谈的样子，让人更觉怜爱。）刘二壮也很平和地说：

"反正我说的句句是实，要不叫她那一头的人们说说！"

可是，西头的几个老年人不说话，那几个女孩子也真闹不清这老辈里的事，有钢也使不到刃上。大绢坐在板凳上哭了，她站起来，往外就走，一边走一边哭着说：

"我去叫我爷爷去，看他剥削过人没有？"

"他能来吗？你叫他干什么！"人们拦不住，她走了，到院里就放声哭了。

"这孩子从小可没享受过，"一个壮年妇女对李同志说，"从小爹娘全死了，她爷爷报了估又得了半身不遂，事变那年日本人烧得她家只剩了几间房筒子，家里地里，就仗她一个人！"

"你们上了岁数的人说说，她爷爷到底是怎样一个人？"李同志又问西头那几个老头。

"我说说吧！"麻子老点抽完了一锅烟，把烟袋杆里的烟和油子用大劲吹了出来，说，"她爷爷是这样一个人：从小是个穷底，可是个光棍儿，不好生过日子，整天在街上混混儿。后来碰上了一个硬碴儿，栽了一个跟头，就回心转意。浪子回头，千金不换，他在张岗街上开了一个小杂货店，起先就卖些针头线脑，火绒洋取灯，烧纸寒衣纸，碱面香油醋……每天打个早起，在大道上去跑一趟，拾回满满一筐粪。不上几年，小买卖越来越红火，人们看着他有本事，就有的拿出股本，叫他领东，开了一座缸瓦磁器店，这就是顺兴隆。用了几个伙计，很是赚钱，三年一账，三年一账，他要了几十亩地……"

"这时就雇了长工？"李同志问。

麻子老点说：

"他没有雇长工。柜上有一辆大车，也用着把式，秋麦两季，铺子里的伙计们帮他收割打场。"

"双层剥削！"刘二壮在后面放低声音说，可是人们还全能听得见。

"他又盖了一所住宅，"麻子老点接着说，"这算到了顶儿。就在那一年，和天津的洋人做买卖，一下受了骗，铺子关门，家里报了估。日本人来了，又给他点上一把火，烧了个片瓦无归……"

"在哪一年报的估？"李同志问。

"不多几年！"麻子老点说，"反正也在三年六年那一段里！"

那天晚上，大绢并没有把她爷爷叫来。时间晚了，冬学就散了。

以后，大绢没有上学来，虽说并没人限制她。和她一伙的女孩子们这几天到得也不齐，有几个早来，有几个迟到。坐在板凳上也不那样哄笑打闹了。

李同志到西头吃派饭，这天轮到喜格儿家里，喜格儿又给他炒了鸡蛋。李同志一边吃一边进行教育，说是一家人，不该给他做好的吃。喜格儿只是笑着听着，也不反对。喜格儿的娘说："你说得有理，我们做得也不歪，好东西不叫一家人吃，难道叫外人吃？"说笑中间，有人在外间叫了一声，喜格儿放下碗筷就出去了，随手拉进一个女孩子来，是大绢。

一眼看来，大绢好像比平时矮了一头，满脸要哭的样子。（在那样的时代，大绢这个小生命的悲欢，就深重地系于她家里长辈的成分上，如果定性为富农或地主，今后必定备尝艰辛。"满脸要哭"的神情表现了她的担心、忧虑。）喜格儿说：

"你和老李说说么！光哭顶事？"

说话一掀门帘又进来了一群，都是她们那一帮，有的靠着隔山门，有的立在炕沿边，有的背着迎门橱，散布开了，好像助阵似的。

大绢说：

"李同志，你再到我们家里去看看，我们是地主富农吗？我能和人家那孩子们比吗？"

喜格儿说：

"我们从小在一块拾柴挑菜。从前是地主富农的闺女瞧不起我们，不跟我们在一块，眼下是我们不跟她们在一块。为什么平白无故把大绢打进仇人的伙里？"

"你们想不通！"李同志说。

"想不通，她一点也不像。"喜格儿说。

"李同志你再考察考察！"

"老李，你再到她家去看看，看看像个富农不？"

她们是在苦苦求情了。李同志说：

"这是学习，你们不同意，就在学校里提意见呀！"

"提意见，我们是得提意见。我们觉得不能追那么远，不是不许追三代了吗？"一个女孩子说。（此处流露出作者对于政治斗争的抵触和过激主义的不满，大绢的心灵痛苦无时无刻不在刺痛着读者的心。但是作者并没有过多地责怪谁，一群女孩子前来苦苦求情，说明善的力量在民间是永存的。我们在阅读中能体会出作者对于人性的赞美，对于青春、美好以及理想的人道主义的追求。）

李同志说：

"人家没有追三代。她家有剥削，时间又在三年六年那一段里，这是个成分问题。家里没什么了，自然也就不再斗争你的东西。"

"我没剥削过人，怎么能担这个名呀？"大绢又哭了。

李同志放下饭碗说：

"我们是要消灭人剥削人的制度。这个制度存在几千年了，你们想想有多少人，在这个制度下面含冤死去，有多少人叫这个制度碾个粉碎？你们都听过老年人诉苦了，该明白剥削是多大的罪恶！多少年来，人们怀抱一个理想，就是要消灭这个制度，好叫人们像春苗一样，不受旱涝，不受践踏，自由地生活生长生存。有很多人为这个理想牺牲一切，献出了自己的生命。你们村里就有过两位坐狱被杀的共产党员。这不是随随便便的事，也不是求情的事。自然，我们也要慎重，不能把自己的人当成敌人！"

女孩子们说：

"李同志，你说得对，她要真是地主富农，就是亲生姐妹，我们绝不袒护她！我们觉着她不是，她是我们一群里的！"

正月里，工作组学习了一九三三年两个文件，读了任弼时同志的报告，李同志又拿到冬学里去讲解，重新讨论了几家的成分。这一帮女孩子就提出来：大绢家有过剥削，是老年间的事了，也没有连续三年，按新精神定成分，她还是农民。

大绢也来上学了。她瘦了些，可是比以前更积极更高兴了，就是：<u>火色更纯净，钢性也更坚韧了。</u>（这里"火色""钢性"的比喻修辞，写出了大绢经过定成分这件事后更加坚强的品格。出于对生活的感悟，孙犁塑造的女性形象都个性鲜明，她们个个"像金子一样坚硬，像水一样明澈"。）她说：她爷爷剥削过人是他的罪过，经过这回事情，她要记着：一辈子也不要剥削别人一点点。

正月里，只有剥削过人的家庭，不得欢乐。<u>喜格儿她们在村西头搭了一个很高的秋千架。每天黄昏，她们放下纺车就跑到这里来，争先跳上去，弓着腰用力一蹴，几下就能和大横梁取个平齐。在天空的红云彩下面，两条红裤子翻上飞下，秋千吱呀作响，她们嘻笑着送走晚饭前这一段时光。</u>（孙犁偏爱写另类的真实，写出了最平凡最渺小的生命的悲欢。在小说结尾处，他安排了大绢和喜格儿等一起荡秋千的情节。读到这里，每个人都会看到农民翻身后的快乐，都会发出由衷的微笑，也都会被作者的责任感和同情心深深感动。）

秋千在大道的边沿，来往的车辆很多，拉白菜的，送公粮的。戴着毡帽穿着大羊皮袄的把式们，怀里抱着大鞭，一出街口，眼睛就盯在秋千上面。其中有一辆，在拐角的地方，碰在碌碡上翻了，白菜滚到沟里去，引得女孩子们大笑起来。赶车的人说：

"别笑了，快过来帮忙搬搬吧，咳！光顾看你们打秋千了。你们打那么高，眼看就从大梁上翻过来了！"

天黑下来，她们才回家去吃饭，吃过饭又找到一块上冬学去了。

➤ 赏 读

在孙犁留下的作品中，发表于1950年1月《人民文学》上的《秋千》似乎很少有人关注，这是根据土改中真实的事件写成的。小说写的是农村工作组负责划成分的过程中，大绢家里富农成分属于错划，后来终于得到了纠正。作品不涉及暴力，表现出明亮的色彩。划定阶级成分，是土改运动的一项重要内容。小说虽以土改为背景，作者对于土改斗争地主的过程却一笔带过，主要是歌颂了农村青年女性积极进步的精神。

即便是反映政治，作家也唯有从生活实际出发，才能对政治的社会效应做出正确的反映。《秋千》就敏锐地揭露了土改中存在的极左现象。孙犁的人道主义精神和同情心由来已久，他显然是同情大绢的。孙犁在饶阳县东张岗村参加土改时，就十分注意严格掌握政策界限，纠正"左"的偏向，保证了运动的健康发展。即使对那些被定为地主、富农的人家，也只按照政策进行了清算和斗争，没有进行体罚和虐待，体现了"消灭剥削制度不消灭人"的精神。孙犁作为一个具有人类大关怀大悲悯心的作家，十分敏感，并以他的淡墨写意，触动着我们的心灵。

山地回忆

从阜平乡下来了一位农民代表，参观天津的工业展览会。我们是老交情，已经快有十年不见面了。我陪他去参观展览，他对于中纺的织纺，对于那些改良的新农具特别感到兴趣。临走的时候，我一定要送点东西给他，我想买几尺布。

为什么我偏偏想起买布来？因为他身上穿的还是那样一种浅蓝的土靛染的粗布裤褂。（本文的主要线索就是"布"。从开篇的"土靛染的粗布"，做袜子用的"白粗布"，后来男女主角对话中的"洋布"，背回家的"织布机"，到最后的"蓝士林布""鲜艳的红布"，这些事情无不与"布"有关，"布"成了贯串全文的主线。）这种蓝的颜色，不知道该叫什么蓝，可是它使我想起很多事情，想起在阜平穷山恶水之间度过的三年战斗的岁月，使我记起很多人。这种颜色，我就叫它"阜平蓝"或是"山地蓝"吧。

他这身衣服的颜色，在天津很是显得突出，也觉得土气。但是在阜平，这样一身衣服，织染既是不容易，穿上也就觉得鲜亮好看了。阜平土地很少，山上都是黑石头，雨水很多很暴，有些泥土就冲到冀中平原上来了——冀中是我的家乡。阜平的农民没有见过大的地块，他们所有的，只是像炕台那样大，或是像锅台那样大的一块土地。在这小小的、不规整的，有时是尖形的，有时是半圆形的，有时是梯形的小块土地上，他们费尽心思，全力经营。他们用石块垒起，用泥土包住，在边沿栽上枣树，在中间种上玉黍。

阜平的天气冷，山地不容易见到太阳。那里不种棉花，我刚到那里的时候，老大娘们手里搓着线锤。很多活计用麻代线，连袜底也是用麻纳的。

就是因为袜子，我和这家人认识了，并且成了老交情。那是个冬天，该是一九四一年的冬天，我打游击打到了这个小村庄，情况缓和了，部队决定休息两天。

我每天到河边去洗脸，河里结了冰，我登在冰冻的石头上，把冰砸破，浸湿毛巾，等我擦完脸，毛巾也就冻挺了。有一天早晨，刮着冷风，只有一抹阳光，黄黄的，落在河对面的山坡上。我又登在那块石头上去，砸开那个冰口，正要洗脸，听见在下水流有人喊：

"你看不见我在这里洗菜吗？洗脸到下边洗去！"（未见其人，先闻其声。女主人公妞儿出场时寻隙挑衅的泼辣姿态，咄咄逼人的话语，显示出她的独特个性。初看起来，她简直太过厉害，很不友好，但是读者很快就能从下文中发现并不是这样的。这种写法也有欲扬先抑之意。）

这声音是那么严厉，我听了很不高兴。这样冷天，我来砸冰洗脸，反倒妨碍了人。心里一时挂火，就也大声说：

"离着这么远，会弄脏你的菜！"

我站在上风头，狂风吹送着我的忿怒，我听见洗菜的人也恼了，那人说：

"菜是下口的东西呀！你在上流洗脸洗屁股，为什么不脏？"

"你怎么骂人？"我站立起来转过身去，才看见洗菜的是个女孩子，也不过十六七岁。风吹红了她的脸，像带霜的柿叶，水冻肿了她的手，像上冻的红萝苋。她穿的衣服很单薄，就是那种蓝色的破袄裤。

在十月严冬的河滩上，敌人往返烧毁过几次的村庄的边沿，寒风里，她抱着一篮子水沤的杨树叶，这该是早饭的食粮。

不知道为什么，我一时心平气和下来。我说：

"我错了，我不洗了，你在这块石头上来洗吧！"

她冷冷地望着我，过了一会才说：

"你刚在那石头上洗了脸，又叫我站上去洗菜！"

我笑着说：

"你看你这人，我在上水洗，你说下水脏，这么一条大河，哪里就能把我脸上的泥土冲到你的菜上去？现在叫你到上水来，我到下水去，你还说不行，那怎么办哩？"

"怎么办，我还得往上走！"

她说着，扭着身子逆着河流往上去了，登在一块尖石上，把菜篮浸进水里，把两手插在袄襟底下取暖，望着我笑了。

我哭不得，也笑不得，只好说：

"你真讲卫生呀！"

"我们是真卫生，你们是装卫生！你们尽笑话我们，说我们山沟里的人不讲卫生，住在我们家里，吃了我们的饭，还刷嘴刷牙，我们的菜饭再不干净，难道还会弄脏了你们的嘴？为什么不连肠子肚子都刷刷干净！"说着就笑得弯下腰去。

我觉得好笑，可也看见，在她笑着的时候，她的整齐的牙齿洁白得放光。

"对，你卫生，我们不卫生。"我说。

"那是假话吗？你们一个饭缸子，也盛饭，也盛菜，也洗脸，也洗脚，也喝水，也尿泡，那是讲卫生吗？"她笑着用两手在冷水里刨抓。

"这是物质条件不好，不是我们愿意不卫生。等我们打败了日本，占了北平，我们就可以吃饭有吃饭的家伙，喝水有喝水的家伙了，我们就可以一切齐备了。"

"什么时候，才能打败鬼子？"女孩子望着我，"我们的房，叫他们烧过两三回了！"

"也许三年，也许五年，也许十年八年。可是不管三年五年，十年八年，我们总是要打下去，我们不会悲观的。"我这样对她讲，当时觉得这样讲了以后，心里很高兴了。

"光着脚打下去吗？"女孩子转脸望了我脚上一下，就又低下头去洗菜了。

我一时没弄清是怎么回事，就问：

"你说什么？"

"说什么？"女孩子也装没有听见，"我问你为什么不穿袜子，脚不冷吗？也是卫生吗？"

"咳！"我也笑了，"这是没有法子么，什么卫生！从九月里就反'扫荡'，可是我们八路军，是非到十月底不发袜子的。这时候，正在打仗，哪里去找袜子穿呀？"

"不会买一双？"女孩子低声说。

"哪里去买呀？尽住小村，不过镇店。"我说。

"不会求人做一双？"

"哪里有布呀？就是有布，求谁做去呀？"

"我给你做。"女孩子洗好菜站起来。"我家就住在那个坡子上，"她用手一指，"你要没有布，我家里有点，还够做一双袜子。"

她端着菜走了，我在河边上洗了脸。<u>我看了看我那只穿着一双"踢倒山"的鞋子，冻得发黑的脚，一时觉得我对于面前这山，这水，这沙滩，永远不能分离了。</u>（"我"被深深感动了。遭受多重苦难的人民，物资极度匮乏却无私忘我地支援抗战，让人感动、温暖。"我"代表战士，与这里的人民"永远不能分离"，表明为了保家卫国的共同愿望，军民关系如鱼水一般亲密无间。）

我洗过脸，回到队上吃了饭，就到女孩子家去。她正在烧火，见了我就说：

"你这人倒实在，叫你来你就来了。"

我既然摸准了她的脾气，只是笑了笑，就走进屋里。屋里蒸气腾腾，等了一会，我才看见炕上有一个大娘和一个四十多岁的大伯，围着一盆火坐着。在大娘背后还有一位雪白头发的老大娘。一家人全笑着让我炕上坐。女孩子说：

"明儿别到河里洗脸去了，到我们这里洗吧，多添一瓢水就够了！"

大伯说：

"我们妞儿刚才还笑话你哩！"

白发老大娘瘪着嘴笑着说：

"她不会说话，同志，不要和她一样呀！"

"她很会说话！"我说，"要紧的是她心眼好，她看见我光着脚，就心痛我们八路军！"

大娘从炕角里扯出一块白粗布，说：

"这是我们妞儿纺了半年线赚的，给我做了一条棉裤，下剩的说给她爹做双袜子，现在先给你做了穿上吧。"

我连忙说：

"叫大伯穿吧！要不，我就给钱！"

"你又装假了，"女孩子烧着火抬起头来，"你有钱吗？"

大娘说：

"我们这家人，说了就不能改移。过后再叫她纺，给她爹赚袜子穿。早先，我们这里也不会纺线，是今年春天，家里住了一个女同志，教会了她。还说再过来了，还教她织布哩！你家里的人，会纺线吗？"

"会纺！"我说，"我们那里是穿洋布哩，是机器织纺的。大娘，等我们打败日本……"

<u>"占了北平，我们就有洋布穿，就一切齐备！"女孩子接下去，笑了。</u>

（作者塑造了一个爽朗质朴的少女形象，坦率的性格自然外露，她的笑是那样开朗、无遮无挡，就像开在深山石崖上的山花，灿烂、美丽。）

可巧，这几天情况没有变动，我们也不转移。每天早晨，我就到女孩子家里去洗脸。第二天去，袜子已经剪裁好，第三天去她已经纳底子了，用的是细细的麻线。她说：

"你们那里是用麻用线？"

"用线。"我摸了摸袜底，"在我们那里，鞋底也没有这么厚！"

"这样坚实。"女孩子说，"保你穿三年，能打败日本不？"

"能够。"我说。

<u>第五天，我穿上了新袜子。</u>（简单的一句叙述，却能读出"我"激动的

心情——这是一双新袜子，它并不昂贵，一块粗布配上几缕麻线，却凝结了军民深情。短暂的时间里纳出厚实的袜底，是为了送走抗战的烽烟。）

和这一家人熟了，就又成了我新的家。这一家人身体都健壮，又好说笑。女孩子的母亲，看起来比女孩子的父亲还要健壮。女孩子的姥姥九十岁了，还那么结实，耳朵也不聋，我们说话的时候，她不插言，只是微微笑着，她说：她很喜欢听人们说闲话。

女孩子的父亲是个生产的好手，现在地里没活了，他正计划贩红枣到曲阳去卖，问我能不能帮他的忙。部队重视民运工作，上级允许我帮老乡去做运输，每天打早起，我同大伯背上一百多斤红枣，顺着河滩，爬山越岭，送到曲阳去。女孩子早起晚睡给我们做饭，饭食很好，一天，大伯说：

"同志，你知道我是沾你的光吗？"

"怎么沾了我的光？"

"往年，我一个人背枣，我们妞儿是不会给我吃这么好的！"

我笑了。女孩子说：

"沾他什么光，他穿了我们的袜子，就该给我们做活了！"又说："你们跑了快半月，赚了多少钱？"

"你看，她来查账了，"大伯说，"真是，我们也该计算计算了！"他打开放在被垒底下的一个小包袱，"我们这叫包袱账，赚了赔了，反正都在这里面。"

我们一同数了票子，一共赚了五千多块钱，女孩子说：

"够了。"

"够干什么了？"大伯问。

"够给我买张织布机子了！这一趟，你们在曲阳给我买架织布机子回来吧！"

无论姥姥、母亲、父亲和我，都没人反对女孩子这个正当的要求。我们到了曲阳，把枣卖了，就去买了一架机子。大伯不怕多花钱，一定要买一架好的，把全部盈余都用光了。我们分着背了回来，累得浑身流汗。

这一天，这一家人最高兴，也该是女孩子最满意的一天。这像要了几亩地，买回一头牛；这像制好了结婚前的陪送。

以后，女孩子就学习纺织的全套手艺了：纺，拐，浆，落，经，镶，织。（作者专门排列出七个纺织工序的动词，一字一顿，很有感染力。尽管有些工序读者并不能准确判定其含义，但是通过简单有力的排列带来的冲击，读者分明能感受到女主人公的勤劳和智慧。）

当她卸下第一匹布的那天，我出发了。从此以后，我走遍山南塞北，那双袜子，整整穿了三年也没有破绽。一九四五年，我们战胜了日本强盗，我从延安回来，在碛口地方，跳到黄河里去洗了一个澡，一时大意，奔腾的黄水，冲走了我的全部衣物，也冲走了那双袜子。黄河的波浪激荡着我关于敌后几年生活的回忆，激荡着我对于那女孩子的纪念。

开国典礼那天，我同大伯一同到百货公司去买布，送他和大娘一人一身蓝士林布，另外，送给女孩子一身红色的。大伯没见过这样鲜艳的红布，对我说：

"多买上几尺，再买点黄色的？"

"干什么用？"我问。

"这里家家门口挂着新旗，咱那山沟里准还没有哩！你给了我一张国旗的样子，一块带回去，叫妞儿给做一个，开会过年的时候，挂起来！"

他说妞儿已经有两个孩子了，还像小时那样，就是喜欢新鲜东西，说什么也要学会。

➤ 赏 读

《山地回忆》发表于1949年12月，是孙犁的代表作之一，每读此文，都能感受到战争年代的一抹温情。本文用第一人称回忆的笔法，扣住一个小物件一双袜子展开故事，通过河边"争吵"、贩枣、买织布机等生活片段，生动地表现了在抗日战争艰苦环境中建立起来的革命战士同人民群众之间的鱼水深情，并着力刻画了一个山地女孩子的动人形象。

彩笔写诗意，淡墨传真情。孙犁的小说运语淡净，诗意浓郁，情致深远。本文则形象美、结构美、语言美齐备。作者于自在挥洒中，抒发出一种纯真的笔调，歌唱了水乡的英雄儿女，所以本文有一种浓郁的诗意，读起来令人心旷神怡。作者着力描写妞儿与"我"的对话，在对话中赋予她鲜明的个性，通过对话展示她的内心世界。文章以小见大，通过对话，点出抗日战争的大背景；通过对环境的描写，反映出冀中人民的生活艰辛，也让人看到了冀中人民的勤劳智慧，更看到了冀中人民支援抗战勇于牺牲的精神和崇高的品质。

第6课：中考名著常考
考点归纳与解析4

蒿儿梁

一九四三年，敌人冬季"扫荡"开始了，杨纯医生带着五个伤员，和一个小女看护，名叫刘兰，转移到繁峙五台交界地方，住在北台脚下的成果庵里。五台山有五个台顶，北边的就叫北台。这是有名的高山，常年积雪不化，六月天走过山顶，遇见风雹，行人也会冻死。

一条石沟小河绕着成果庵的粉墙急急流过。站在成果庵的大殿台阶，可以看到北台顶上雄厚的雪堆。（几乎任何小说都离不开环境描写，此处的环境描写既必要又精彩，突出了自然环境的艰险和严酷，为后文情节发展埋下伏笔。）

这几天情况紧急，区委书记夜里来通知杨医生，叫他往山上转移，住到蒿儿梁去。

他们清早出发，杨医生走在前面，招呼着担架，轻抬轻放，脚下留神，不要叫冰雪滑倒。他看好平整的地方，叫大家放下擦擦汗休息一下，就又往上爬。

刘兰跟在担架后面，嘴里冒着热气，一步一步挨上来。杨医生把她的卫生包接过来，挂到自己身上。

他的身上，东西已经不少。一支大枪，三十粒子弹，五个手榴弹，一个皮药包。两条米袋像围巾一样缠在他的脖子里。背上，他自己的被包驮着刘兰的被包。他挺身走着，山底子鞋拍啦啦沉重地响着。

"杨医生，我们的药棉又不多了。"刘兰跟在后面说。

"到蒿儿梁，我们做。"

"怎么着弄个消毒的小锅吧，做饭的大锅，真不好刷干净，老百姓也不愿意叫使！"

"这也要到蒿儿梁想办法。"

刘兰又问：

"伤号光吃莜麦不好吧？"

"到蒿儿梁，弄些细粮吃。"

"蒿儿梁，蒿儿梁！到了蒿儿梁，我们找谁呀？"（短短的对话里，连续出现了六个"蒿儿梁"，这既是点明题目，又是告诉读者一切问题只有到了目的地蒿儿梁才能得到解决，激起读者的好奇心。）

"找妇救会的主任。区委书记没说她叫什么名字，只说一打听女主任，谁也知道。"

他们顺着盘道往上走，转过三四个山头才看见在前面的山顶上，有一个小村庄。这小村庄叫太阳照得发光，秃秃的没有一棵树，靠它西边的山上，却有一大片叫雪压着的密密的杉树林；隔着山沟，可以听见在树林边缘奔跑的狍子的尖叫。村庄里有一只雄鸡也在长鸣。再绕过一个山头，看见有一洼泉水，周围结了厚冰，一条直直的小路，通到村里去。村里的人吃这个泉的水。村庄不远了。

这个不到三十户的小村，就叫蒿儿梁。

女主任去住娘家了，还没有回来，主任的丈夫，一个五十来岁的粗壮汉子，把他们安排到一间泥墙草顶的小小的南屋里，随着粮秣送来了茅柴，就点火烧起炕来。

杨纯到村庄周围转了一转。都是疏疏落落的草顶泥墙小房，家家也都没有篱笆。村里村外，只有些小小的莜麦秸垛，盖着厚雪。街道上，担水滴落，结了一层冰。全村只有一棵歪把的老树，但遍山坡长着那么一丛丛带刺的小树，在冰天雪地，满挂着累累的、鲜艳欲滴的红色颗粒。

人们轻易不出门，坐在炕上，拨弄着一盆红红的麦秸火。妇女们出来一下子，把手插在腰里，又赶紧跑到屋里去。

女主任的丈夫，在院里备好一匹小毛驴，出门去了。第二天，把主任接了回来。

到了院里，主任才从毛驴上跳下。她不过二十五岁，披着一件男人的深黑面的黑羊皮袄，紫色的圆顶帽子装饰着珠花。她嘻嘻地笑着跑到南屋里来。她的相貌，和这一带那些好看的女人一样，白胖胖的脸，鲜红的嘴唇和白牙齿。她看了刘兰一眼，又看了杨纯一眼，笑着不说话。（作者笔下的女性集青春美、人性美与自然美于一身。他特别注意描摹女性的外表美，在此处的描写中，妇救会主任笑起来是那样美丽动人。）刘兰让她到炕上暖和，她说：

"这是俺的家，我要让你们哩！"

杨纯说："你就是主任呀？我们把你的房子占了。"

"不要紧！"主任说，"老头子说你们来了，我真高兴。"她伸过手去摸了摸炕席说："好，炕还热。不行哩，我们这个地方冷呀！有人给你们做饭？"

刘兰说："有。"

"一会，我给你们搓窝窝吃，别看我们蒿儿梁村小，我搓的窝窝可远近知名哩！"

晌午，主任推门进来。她脱去了羊皮衣，穿一件破旧的红棉袄，怀抱着一大块光亮的黄色琉璃瓦，这是搓莜面窝窝的工具，她说是托人到台怀买来的。她站立在炕边，卷起袖子。搓的窝窝又薄又小，放得整整齐齐。

"好妹妹！"主任笑着对刘兰说，"我叫你头一回吃这么讲究的饭食，你离开蒿儿梁，你要想蒿儿梁哩！"（"搓莜面窝窝"这一生活化的细节描写，直接写出了妇救会主任的勤劳能干，以及她对待革命战士的一片赤诚之心。）

"我不想蒿儿梁，这个冷劲我受不了！"刘兰也笑着说。

杨纯说：

"你要想蒿儿梁的窝窝吃哩！"

"对了，你要想我这手艺哩！"主任笑着把手掌拍一拍。

"为什么你的胳膊那么胖？"刘兰问，"是吃荞麦吃的？"

"享福享的吧！"主任说，"这几年我是胖了，那几年，我比你还瘦哩，我的好妹子！有工夫，我要和你说一说我受的苦哩！"

夜间，主任叫刘兰搬到她新拾掇好，烧了炕的小东屋里去睡，打发她的男人，到别人家去睡了。这一夜，主任把头放在刘兰的枕上，叙说她的身世。她说：

"我家在川里，从小给地主家当丫头使唤。十六岁上，娘才把我领回家，嫁给这里，我今年二十五，男人比我大一半。他是个实落人，也知道疼我。我觉着比在地主家里受人欺侮强多了。这几年，减了租子，我们也能吃饱，又没有孩子累着，我就发胖了。"

"我问问你，"主任从枕上抬起头来，"我们的仗，又打得不好吗，怎么你们又跑到这个野地方来？"

"仗打得好。"刘兰说，"这是伤号，要找个安稳地方。"

"我就怕咱们的仗打败了！"主任长舒一口气，"我们种的是川里地主家的地，咱们胜了，他就不敢山上来，你们一走，他就派人来吓唬我。我就盼咱们打胜仗，要把川里也占了，咱们的日子会更好过哩！那时，这地，就成了咱自己的吧？"（此处妇救会主任对刘兰的一番推心置腹的心里话，将主任的心情起伏表现得十分到位，形象地展示出八路军战士与抗日妇女之间同仇敌忾、互相爱护的军民鱼水情谊。）

"对了，以后，谁种的地就是谁的。"

"我想，总得是那样。"主任说，"不把敌人打走，我的命还在人家手心里攥着哩！"

"为什么？"

"我娘把我领出来，嫁给了这里。那家地主看见我出息得好了，生了歪心哩！他叫人吓唬我，叫我回去，又吓唬我的男人，说叫三亩地换了我。他觉着我还是那几年，给他当奴才的时候哩！"

停了一会，她说："妹子，我就靠着你们，把仗打好了，我们就都熬了出来。你困了吧，靠近我点睡，就会暖和些。"

刘兰每天的工作，是烧开水，煮刀剪铗子消毒，团药棉。这些事情，主任全帮她做，她好问，又心灵手巧，三两天，就学会了。她帮着刘兰给伤号们去换药，和他们说笑，伤员们听刘兰说，主任搓的窝窝好，就争着求她做饭，这样一来，她就整天卷着两只袖子，带着两手面，笑出来，笑进去。（妇救会主任不仅做好分内事，还帮助刘兰看护伤员，一个大力协助抗日、聪明热情善良的妇女形象跃然纸上。作者确信这样的女性集真善美于一身，是支撑战士们浴血奋战的精神力量之一。）

在这小庄上，也还只有莜麦面和山药蛋吃。不管怎样变，也还是莜面和山药蛋，不久伤员们就吃腻了，想吃点别的。杨纯到处打听，想给他们弄些白面、羊肉、白菜和萝卜吃。可是在这小庄上，你休想找到这些东西，问到那些老人，老人们说：庄子上有的东西，凭是多么贵重，我们也给你们吃；要讨换这些东西，除非是到川里。

自从添了这么七个生人，小庄上热闹起来，两盘碾子整天不闲，有时还要点上灯推莜麦，青年人要去放哨，坐探，小孩子要去送信砍柴，妇女们拆洗伤员的药布衣服，分班做饭。全村每个人都分担了一点责任，快乐并且觉到光荣。

整个小村庄在热情地支援帮助这个小小的队伍，杨纯不愿再多麻烦他们。他和主任商量，主任笑着说：

"你站在这个梁上想大米白面吃，那就难死了，你可以到川里去找。"

杨纯说：

"情况这么紧，怎么能到川里去？"

主任说：

"敌人都到山里'扫荡'了，川里这会空着哩，不要紧，你去吧，那里什么都现成！"

"你看，我是离不开！"杨纯说。

"离不开你的伤员，怕他们受了损失？"主任说，"你还是不信服我们这小庄子。你把他们交给我，放心去吧！"

杨纯没有答声。他不能离开这些伤员，他觉得就像那些母亲，在极端困难的时候，也不能放下那拖累着的孩子一样。主任望着他说：

"要不，你给我写个信，我去。"

杨纯说：

"那也不好。"

"你这人，这样也不好，那样也不好，你可就拿出你那巧妙办法来呀！"

"我怕你遇见危险。"

"我遇不见危险。"主任说，"就是遇上我也认了。你怕我碰上鬼子？碰上他们，他们也没办法，他们捉不住那满山野跑的狍子，就捉不住我。"

（这是一个历史动荡、充满了战争火药味的年代，在内忧外患的局面下，作者不着重表现战争的残酷，而是着重表现战争中人民的浩然正气，此处尤其表现了妇救会主任向抗敌领域进军的飒爽英姿。）

"那就让你跑一趟吧！"杨纯说。

他给川里负责的同志写了信，主任看着他把图章盖得清清楚楚，才收起来，放在棉袄的底襟里，披上她那件大皮袄，就向杨纯告辞。杨纯把她送到村北口那棵歪老的树下面，对她说：

"去到川里，见到熟人，千万可别说，咱这庄上住着八路！"

主任笑了一笑，用她那胖胖的手掌把嘴一盖，说：

"我这嘴严实着哩！"她看了杨纯一眼，接着说，"杨同志，我不佩服你别的，就佩服你这小小的年纪，办事这么底细①，心眼这么多！"

她转身走了，踢着路上的雪和石子。转过山坡，她好像又想起了什么，转身回来，喊道："杨同志，我们当家的病了，你去给他看看吧！"

杨纯问：

"什么病呀？"

"准是受了风寒，你给他点洋药吃吧！"

她那清脆的声音，在山谷里，惊起阵阵的回响。

---

① 底细：仔细，细心。

杨纯回到家里，带上药包，去给主任的丈夫看病。他住在游击组员名叫青儿的小屋里。杨纯推门进去，老人笑着让他坐。杨纯说：

"不舒服吗？我给你带了药来。"

老人说：

"不要紧。只有些头痛，不用吃药。药很贵的，我一辈子没吃过药。"

青儿笑着说：

"哥哥吃点药吧，吃了药，同志也不跟我们要钱！"

杨纯爬过去，摸一摸他的横着深刻皱纹的前额，又摸一摸他的暴露着粗筋的脉，说：

"不要紧，叫兄弟给你烧些水，吃点药就会好了。"

杨纯给老人包出药来，青儿点火烧水。

老人说：

"一定是她告诉了你。"

杨纯说：

"你说的是主任呀？"

老人说：

"是她。黑间她来了，我说不要紧，叫她回去了。同志，她还年轻，我愿意叫她多给咱们做些事！"

停了一会，老人又说："同志，什么时候，我们的天下就打下来？什么时候，把川里的敌人也打走就好了。同志，穷人过着日子，老是没有个底确①哩！"

青儿烧着火说：

"哥哥先担心他这几亩地，怕地主再上山来逼人。这两天，看见情况不好，就又病了。"

杨纯安慰鼓励了老人一番。

隔了一天，老人的病好了，可是情况更紧了，他和杨纯商量，在附近山

---

① 底确：定准。

里，找个严实地方，预备着伤员们转移。

吃过晌午饭，他带着杨纯，从向西的一条山沟跑下去。

到了山底，他们攀着那突出的石头和垂下来的荆条往上爬，半天才走进了那杉树林。树林里积着很厚的雪，向阳的一面，挂满长长的冰柱。不管雪和冰柱都掩不住那正在青春的、翠绿的杉树林。（山底、石头、树林、冰柱等描写，使用了独到的象征手法，蕴含了作者的深情。雪和冰柱掩盖不住青春翠绿的杉树林，就像战争掩盖不住蓬勃的希望。这些诗意的画面放置在战争背景下，使战争的残酷性得到了一定的消解，让生活中的美展现在读者面前，给人带来更多的希望。）这无边的杉树，同年同月从这山坡长出，受着同等的滋润和营养，它们都是一般茂盛，一般粗细，一般在这刺骨的寒风里，茁壮生长。树林里没有道路，人走过了，留下的脚印，不久就又被雪掩盖。主任的丈夫指给杨纯："那边有一个地窖。"又说："从这后面上去，就是北台顶，敌人再也不能上去！"

他找着那条陡峭的小路，小路已经叫深雪掩盖，他扒着杉树往上走，雪一直陷到他的大腿那里。他往上爬，雪不断地从他脚下滚来，盖住杨纯。杨纯紧紧跟上去，身上反倒暖和起来，流着汗。主任的丈夫转脸告诉他：把你的扣子结好，帽子拉下来，到了山顶，你的手就伸不出来了。

他们爬到一个能站脚的地方，站在那里喘喘气。他们就要登上那大山顶，可是从西北方向刮过一阵阵的风，这风头是这样劲，使他们站立不稳。看准风头过去，主任的丈夫才赶忙招呼杨纯跑上去。

站在这山顶上，会忘记了是站在山上，它是这样平敞和看不见边际，只是觉得天和地离得很近，人感受到压迫。风从很远的地方吹过来，没有声音，卷起一团团的雪柱。

走在那平平的山顶上，有一片片薄薄的雪。太阳照在山顶上，像是月亮的光，没有一点暖意。山顶上，常常看见有一种叫雪风吹干了的黄白色的菊花形的小花，香气很是浓烈，主任的丈夫采了放在衣袋里，说是可以当茶叶喝。

薄薄的雪上，也有粗大的野兽走过的脚印。它们深夜在这山顶上行走，黄昏和黎明，向着山下号叫，这只配是老虎、豹。

在这里，可以看见无数的、像蒿儿梁那样小小的村庄，像一片片的落叶，粘在各个山的向阳处。可以看见台顶远处大寺院的粉墙琉璃，可以看见川里的河流，河流两岸平坦的稻田，和地主们青楼瓦舍的庄院。（作者用抒情诗化的语言描绘了一幅安静祥和的美好家园图，为了保卫这样美好的家园，战士们愿意倾其所有，誓死守护他们"精神的栖居地"。在残酷的战争背景下，这些诗意的家园环境图所表现的"家园"意识感给人带来了心灵的慰藉。）

主任的丈夫说："我们住的这些小村子，都是穷佃户，不是庙里的佃户，就是川里的佃户！"

杨纯站在山顶上，他觉得是站在他们作战的边区的头顶上。千万条山谷，纵横在他的眼前，那山谷里起起伏伏，响着一种强烈的风声。冰雪伏藏在她的怀里，阳光照在她的脊背上。瀑布，是为了养育她的儿女，永远流不尽的乳浆，现在结了冰，一直垂到她的脚底！

杨纯想到：他的同志们，他的队伍，正在抵挡这寒冷的天气，熬受着锻炼，他们穿着单薄的军衣，背着粗糙食粮，从这条山谷，转战到那个山头，人民热望他们胜利。

远处，那接近冀中平原的地方，腾起一层红色的尘雾。那里有杨纯的家。他好像看见了他那临河的小村庄，和他那两间用土罾垒起的向阳的小屋，那里面居住着他的母亲。（作者运用诗意的笔调从容地抒写抗战时期的风云变幻，再次直接提到"家园"意识，能引起人们广泛的共鸣。家园情感能深入人们的内心，直抵人们的灵魂深处。）

忽然，主任的丈夫喊："不好，你来看，敌人到了成果庵吗？"

杨纯看见，在远远山脚下面，成果庵那里点起火，他断定敌人到了那里，天气还早，敌人可能还要往上赶，到蒿儿梁。他隐隐约约听见了山的下面有枪声，那是放哨人的警号！

他们慌忙寻找下山的道路，主任的丈夫跑在前边。他们从雪上往下滑，石头和荆条撕碎了他们的衣裳，手上流着血。

杨纯心里阵阵作痛，他离开了受伤的同志，使他们遭受牺牲！

当他们跑进那通到村里去的山沟，他们迎见了主任！她满脸流着汗，手拉着跟跄跑来的刘兰！在她旁边是由蒿儿梁老少妇女组成的担架队，抬来了五个伤员。村里听见了警号的枪声，男人们全到了去成果庵的路上（主任说，她刚回到家里，去伏击敌人了）。妇女们跑来和她商量把伤员转移到哪里去，她决定到这个地方来。凡是有力量的，都在担架上搭一把手，把伤员送了出来！

她们把伤员抬到了杉树林的深处，安置在地窖里。她们还抬来主任从川里弄来的粮食和菜蔬，妇女们也都带了干粮来。

主任的丈夫回到村里探消息。

夜晚，飘起雪来，妇女们围坐在地窖旁边，照顾着伤员。杨纯到前面放哨，主任和刘兰在杉树林的边缘站岗。

她们靠在一棵杉树上，主任把羊皮大衣解开，掩盖着刘兰的头。<u>她们前面有一条小河，河面上已经结了冰，还盖上了很厚的雪，但是那小小的山溪冲激得很厉害，在厚厚的冰下面，还听到它那淙淙的寻找道路、流向前去的声音。</u>（作者描写了一幅韵味悠长的风景图，小小的山溪正在寻找道路，这象征着人民执着追求胜利的美好品格！作者用浓郁隽永的诗意笔触，将一群美丽可爱的蒿儿梁老少妇女形象有机融入小说的意境，共同构成动静结合的风景画。）

主任紧紧抱着刘兰。雪飘在她们头上，不久掩没了她们的脚；雪飘在她们脸上，但立刻就融化了。刘兰呼吸着从她的胸怀放散的热气，这孩子竟有些困倦。

主任望着前面，借着她的好眼力和雪光，她看见杨纯，那个青年人，那个医生，那个同志，抱着一支大枪，站在山坡一块突出的尖石上。他那白色毡帽，成了一顶雪帽，蓝色的大棉袄背后，也落上一层厚雪。杨纯站在那里，尖着耳朵，听着山谷里的一切声音。不久，他跺一跺脚上的雪，从石头上轻轻跳下来，走到主任的面前说：

"蒿儿梁什么声音也没有，敌人想是在成果庵过夜了，看黎明的时候吧！"

主任说：

"要紧的时候，我们就转移到山顶上去，原班人马都在这里！"

又说："刘兰睡着了，就叫她这么着睡一会吧！"

杨纯说：

"你们帮助了我们！"

"我们不是自己人？"主任笑着问。

"这就叫鱼帮水，水帮鱼吧！"杨纯也笑着说。

主任问：

"谁是水，谁是鱼？"

"老百姓是水，我们是鱼！"杨纯说。

"你这比方打错了！"主任说，"老百姓帮助你们，情愿把心掏给你们，为什么？这为的是你们把我们救了出来！"

▶ 赏 读

《嵩儿梁》是孙犁根据自身真实的生活经历写成的小说。小说写的是1943年的冬天，在五台山，在嵩儿梁，五个伤员、一个医生、一个小女看护，一个主任和她丈夫，还有整个嵩儿梁不到三十户的小村庄，小村庄里的男女老少。在他们身上，突出地表现了军民鱼水情深，鱼离不开水，水和鱼紧紧相依，不可离分。作者用简洁、朴实而又生动的语言，再现了艰苦的战争时期，军民之间亲如一家的深情厚谊，使人懂得了一个浅显而又深刻的道理：军民团结如一人，试看天下谁能敌！

孙犁是一位真性情作家。他用清新的语言、诗意的情节，真实深刻地为广大读者呈现了特定时代的一群平凡质朴却又卓尔不群、嬉笑怒骂却又热爱生活、偶有失意却又坚毅进取的女性形象。文中的妇救会主任就是一个典型的农村妇女形象，她用明朗的智慧、坚强的意志、不息的战斗热情织造了抗战胜利的曙光锦布。作者还写了一群敌占区的老少妇女，在民族危亡的生死关头，她们迅速地觉醒、斗争起来，用一切可能的方式投入全民抗战的洪流中，成为奋勇御敌的中流砥柱，与热血男儿一起共筑民族抗战的长城。

浇　园

　　七月里，一天早晨，从鸡叫的时候，就听见西边炮响，响得很紧。村里人们早早起来，站在堤上张望。不久，从西边大道上过来了担架队，满是尘土和露水。担架放在村边休息；后边又过来了一副，四个高个儿小伙子抬着，走得最慢，他们小心看着道路，脚步放轻。村边的人知道床上的人一定伤很重，趋上前面去。担架过来，看好平整地方，前后招呼着放下，民工的脸上，劳累以外满挂着忧愁。慰劳股的妇女们俯下身去看望伤员。前边的大个子民工擦着脸上的汗，说：

　　"唉！你们轻轻的吧！"

　　随后叹了一口气。另一个大高个子说：

　　"我看不用叫他了，一路上他什么东西也不吃。"（作者并没有直接写李丹的伤势，而是通过抬担架的民工的动作"最慢"、表情"忧愁"、语言"唉"表现出来的，村里的人由此知道担架上的人伤很重，这是侧面描写或间接描写的重要特征。）

　　人们全围上来。大个子又说：

　　"真是好样儿的呀，第一个爬梯登城，伤着了要紧的地方，还是冲上去打！直到把敌人打下城去，我们的人全上来，才倒在城墙边上，要是跌下城来，可就没救了。"

　　"谁知道这能好了好不了！是个连长，才二十岁。"后面另一个大个儿接着说。

村里住下八个伤号，伤重的连长要住个清净地方，就住在香菊的家里了。香菊忙着先叫小妹妹二菊跑回家，把屋子和炕好好打扫一遍。人们把伤号安置好，伤号有时哼哼两声，没有睁开眼睛。

香菊站在炕沿边望了一会他的脸，不敢叫醒他，不敢去看他的伤。香菊从小不敢看亲人流的血，从来也不敢看伤员的血，同年的姐妹们常常笑话她胆小。几次村中青年妇女们拆洗伤员的粘着血迹的被子和衣服，香菊全拒绝了。她转过身来对站在她身后的二菊说：

"去烧火！"

二菊害怕姐姐又骂她不中用，抱了一把柴禾进来，就拉风箱。香菊小声吓唬她：

"你该死了，轻着点！"

温热了水，香菊找出了过年用的干净手巾，给伤员擦去了脸上的灰尘。香菊看见他很年轻，白白的脸，没有血色；大大的眼睛，还是闭着。他看来是很俊气很温柔的。二菊到窗台上的鸡窝去摸鸡蛋，鸡飞着，叫起来，二菊心里害怕姐姐骂，托着鸡蛋进来，叫姐姐看。（此处的描写简洁而细腻，以一个特写镜头向我们展示了香菊照顾伤员时的细致与耐心。那个"托"着鸡蛋的动作，不仅写出了小女孩二菊天真、懂事而又小心翼翼、可怜兮兮的样子，同时也反衬出了姐姐香菊对伤员的百般爱护与照顾。）

香菊轻轻叫醒伤号，喂着他吃了。吃完了，伤号抬起头来，望了望香菊，就又躺下了。

香菊每天夜里和秋花嫂子去就伴①，白天和秋花搭伙纺线织布，回到家来就问二菊：他轻些了吗？叫喊没有？同时告诉小妹妹：鸡下了蛋就把它赶出去；有人来捶布，叫他到别人家，不要惊动病人。

几天来，伤号并没有见轻，香菊总是愁眉不展，在炕边呆呆地站一会，又在窗台下呆呆站一会，才到秋花家里来。在街上，有那些大娘们问她：

---

❶ 就伴：做伴。

"香菊，你家那个伤号轻些了吗？"

香菊低着头说：

"不见轻哩！"

她心里沉重得厉害。这些日子，她吃的饭很少，做活也不上心。只有秋花看出她的心思来。

一天早晨，香菊走到屋里，往炕上一看，看见伤员睁着眼睛，望着窗户外面早晨新开的一枝扁豆花。香菊暗暗高兴地笑了。

她小声问：

"你好些了？"

伤员回过头来，看见是个姑娘，微弱地说：

"你叫什么？住在哪里？"

"我叫香菊，这就是我的家。"香菊不知道说什么好，她竟是要哭了，可还是笑着说。

伤员也笑了，说：

"怎么没见过你？"

"你没见过我，你睁过眼吗？现在你才好了。"香菊要谢天谢地的样子。

她又说："我们从来没敢大声说话呀，走路都提着脚跟。"笑着转过身来。

"现在快秋收了吧？"伤员说。

"大秋还不到，天旱，秋天好不了。只要你的伤好了，就比什么也强。"香菊点火做饭，又说，"现在你好了，你想吃什么？说吧！"（作者通过对话写活了人物，此处的对话写得十分传神，给人一种看了对话就好像看见了说话的人似的感觉，并在突出人物个性化的语言时，创造了生动、独特的诗意情趣。）

到锄过二遍地，伤号已经能拄着拐出来走动了。也常到秋花家，看着她们纺线。那时候，妇女们正改造纺车添加速轮，做一个加速轮费工夫很大，妇女们不愿意耽误一天纺线，去修理它。伤号就把一条腿架在拐上，给秋花和香菊每人做了一个加速轮，做得很精巧好使，像一家人一样，越混越亲热了。

这伤号叫李丹，他对香菊说，他家是阜平。小时给人家放牛，八路军来到山上，就跟在队伍后面走了。那时才十三岁。先是当勤务员，大些了当警卫员，再大些当班长，排长。十年战争，也不知道参加过多少次的战斗，战斗在记不清的山顶，记不清的河边，记不清的石头旁边和沙滩里。他说十年的小米饭把他养大，十年部队生活，同志和首长的爱护关怀，使他经得苦，打得仗，认得字，看得书。十年的战争把他教育：为那神圣的理想，献出最后一滴血，成就一个人民光荣的子弟。（这段由七个句子组成的句群，很有特色，清一色的电报式短句。在部队十年的军旅生活体现为一个简单的排比，加之承前省略，读起来简洁之至，并富有一种韵律美。最后一句议论与抒情相结合，描写更是饱满酣畅，议论令人由衷地信服。）

天旱得厉害，庄稼正需要雨的时候，老天偏不下雨。这叫卡脖子旱，高粱秀不出穗来，秀出穗来的，晒不出米来。谷，拼命往外吐穗，像闯过一道关卡，秀出来的穗，也是尖尖的，秃秃的，没有粒实。人们着急了，香菊放下纺车，每天下地浇园。每天，半夜里，就到地里去，留下二菊在家里做饭，李丹帮她拉风箱烧火。吃饭时香菊回来，累得一点力气也没有，衣裳和头发全晶湿，像叫水浇过。她蹲在桌子旁边，一句话也不愿意说，好歹吃点，就又背上大水斗子走了。

这天李丹拄着拐，来到村南，站在高坡上一望，望见了香菊那破白布小褂。太阳平西了，还是很热，庄稼的叶子全耷拉下来，天上一丝云彩也没有，只有李丹的家乡西山那里，才有一层红色的烟尘，笼罩着村庄树木。（此处景色描写纯用白描，句子短小而洗练，深挚的思想感情常常压缩在尽可能精练的话语中，且又自然出之，意境十分浓厚醇美。）

香菊在那里用力浇着园，把一斗水浇上来，把斗子放下去，她才直一直身，抬起手背擦一擦脸上流着的汗。然后把身子一倾，摇着辘轳把水摆满，再吃力地把水斗绞起。

李丹从小时没做过这种劳动，他只是在河边上用杠杆车过水，觉得比这个省力得多。他拐到那里，从畦背上走过去，才看见香菊隐在一排几棵又高又密的鬼子姜①后面。

这是特意栽培的鬼子姜，它长起来，可以遮蔽太阳。一棵小葫芦攀延上去，开了一朵雪白的小花，在四外酷旱的田野里，只有它还带着清晨的露水。香菊抬头看见李丹来了，就停下来，喘着气问：

"你来干什么，这么晒天？"

李丹看见香菊的衣裳整个湿透了，贴在身上，头上的汗水，随着水斗子的漏水，丁当滴落到井里去。就说：

"这个活太累，我来帮帮你吧？"

香菊笑了一笑，就又把水斗子哗啦啦放下去了，她说：

"你不行，好好养你的伤吧！"

李丹站在香菊对面，把拐支稳，低下头一看：那是一眼大井，从砖缝里蓬蓬生长着特别翠绿的草，井水震荡得很厉害，可是稍一平静，他就看见水里面轻微地浮动着晴朗的天空，香菊的和鬼子姜的影子，还有那朵巍巍的小白葫芦花。

李丹很喜爱这个地方，也着实心痛那浇园流汗的人，他又劝香菊：

"很累了，休息一下吧！"

香菊说：

"不能休息。好容易才把垅沟灌满，断了流又不知道要费多么大的力气。"接着她望一望西北上说："你看看那里起来的是不是云彩？"

李丹转身一望说：

"那不是云彩，那是山。"

"下场雨就好了，"香菊喘着气说，"我在睡梦里都听着雷响，我们盼望庄稼长好，多打粮食，就像你盼望多打胜仗一样。"

李丹顺着垅沟走过去，地是那么干燥，李丹想：要吸收多少水，才能止住这庄稼的饥渴？要流多少汗，才能换来几斗粗粮，供给我们吃用？他深深地感觉到自己战斗流血的意义，对香菊的辛苦劳动，无比地尊敬起来。回头望望

---

❶ 鬼子姜：菊芋，又名洋姜，是一种多年宿根性草本植物。

香菊，香菊低着头浇园，水越浅，井越深，绳越长，她浇着越吃力了。（通过人物对话、环境和动作描写由浅入深地点明了题旨：浇园。"浇园"一语双关，既指香菊浇园抗旱，又暗喻她用辛勤的汗水"浇灌"八路军伤员，使其得以康复。"浇园"这一主题既表现了战争年代军民鱼水般的亲情，又表现了香菊的勤劳精神和对子弟兵的关爱，充分彰显了小说的主题。）

等到天晚，风吹着香菊那涨红流汗的脸。

"我们回去吧！"她说着又浇上一斗，放倒在水池子上，水滴丁丁当当落到井里。她又步过来，在水池子里洗了洗脚，就蹬上了放在一边的鞋。她问李丹："你想吃什么菜？"

李丹说："我想吃辣椒。"

"不。你的伤还没好利落，我给你摘几个茄子带回去。"香菊抖着湿透了的辫子走到菜畦里去，拨着叶子，找着那大个儿的茄子，摘了几个。等她卸下辘辘回家的时候，天色已经很晚了。她说：

"从这小道上回去吧！"

她背着辘辘，走在前面，经过一块棒子地，她拔了一颗，咬了咬，回头交给李丹，李丹问：

"甜不甜？"

香菊回过头去，说："你尝尝呀，不甜就给你？"

李丹嚼着甜棒，香菊慢慢在前面走，头也不回，只是听着李丹的拐响，不把他拉得远了。

天空里只有新出来的、弯弯下垂的月亮，和在它上面的那一颗大星，活像在那旷漠的疆场，有人刚刚弯弓射出了一粒弹丸。（此处真是画龙点睛、神来之笔！戏剧讲求"虎头豹尾"，诗歌结尾要显示余韵，小说的收尾更应独具匠心。此处的结尾处理可谓是神妙的，将月亮比喻成"弯弓"，把大星比喻成"弹丸"，是对全篇内容一个出神入化的收束，具有鲜明的象征性和意味无穷的神韵。）

➤ 赏 读

　　《浇园》是孙犁很有内涵的一篇短篇小说。作者没有单纯描写李丹负伤或者香菊浇园，而是不失时机地将二者糅合起来描述，意蕴悠长。以"浇园"为题，是大有深意的，它使作品的主旨更深刻，内涵更丰富。"浇园"是作家运用象征手法精心提炼出来的题目，它超越了浇园抗旱的本意，是军民齐心协力，用宝贵的鲜血和辛勤的汗水共同浇灌美丽家园的象征，这是小说所要表现的深刻主题。"浇园"一词内涵丰富，表现了以香菊为代表的广大农民吃苦耐劳的精神和他们对人民子弟兵的无私关爱，读来格外感人肺腑。小说中平淡无奇的景物，却饱含了人生深刻的道理，换言之，小说所表现出来的意义，绝不仅停留在表面的字里行间上，重点在其背后隐含的深意。

　　"文学是语言的艺术"。孙犁的作品往往被人们称为"小说的诗"，得益于其作品具有凝练的特点。读《浇园》，便不能不被其特有的语言美所感叹，其中"简洁"这一特点极为突出，显得生活气息浓厚，富有乡土气味。

第7课：中考名著常考
考点归纳与解析5

 种谷的人

一九四七年六月间，我当记者，跟随树人同志从某县县城出发，到四区去检查大生产工作。树人同志事变以前在这一带做过很长时期的党的秘密工作。

树人同志骑马，我骑车子在前面。天气热，又是白沙土道，很是难走，到了一个村边，我把车子靠在一棵大柳树下面，歇着凉等他。

树人同志到了，他说：

"到村里休息吧，我带你去看望一个老同志，我们有十几年不见面了。"

我推着车子，他拉着马，慢慢走进街来。走不远，往北拐进一个破旧梢门，靠西边有一个小白门，锁着哩。树人同志说：

"喂，这老头哪里去了？你来把马遛一遛，我去找他！"

我把车子靠好，拉着马在门口慢慢遛着，树人同志跑到街上去了。<u>我看出这梢门里，原是一家大宅院，后来分作几户，房子有的拆了，有的叫敌人烧毁了，有的还完全，却很陈旧。从庭院中那些树木、房屋、门窗的形式看，这该是个大破落户家庭。</u>（作者通过"我"的观察来描写即将出场的老人的家的模样，家中虽遭受了日寇的极大破坏，但还能看出是个"大破落户家庭"，这勾起了读者对这位老人的好奇心。）

过了一会，树人同志搀扶着一个老头回来了，那老头一边笑一边说：

"树人，你不要搀扶我，我自己的家门，道路熟着哩！"

老人的双目失明，耳朵好像也有些聋。他短小胖壮，花白胡子，头上半秃，却留着头发，好像事变以前的一个高级小学的校长。

到了门口，他从怀里摸出钥匙，一下就捅开了锁，让我们进去。

我拉着牲口进院，老人侧着耳朵听了听说：

"有牲口吗？我去找个人来饮饮！"（"侧着耳朵听"这个细节说明老人虽然双目失明、耳朵也有点聋，但是心中澄明，能立刻察觉到周遭环境的异样并做出明确判断，老人的形象逐步丰满起来。）

院里是三间北屋，是拆了楼的坐子，门前两棵高大的香椿树，树皮斑驳，枝叶稀少，看来在五十年以上了。对面三间南屋，门锁着。西边是一段破墙头，那边像是一个里院，有三间甓①南房，院里种着菜。老人趴着墙喊一声：

"秋格！"

那边南屋里，有一个女孩子答应一声，就跑出来，问：

"干什么呀？老爷！"

"咱们来了客，你牵着牲口到井上饮饮！"

女孩子有十八岁，身体结实，从破墙上通的一声跳过来，从我手里接过牲口去。

树人同志贴着老人的耳朵问：

"这是谁呀？"

老人说：

"你不认识她？这是凤儿的大孩子。"

"啊，这么大了！"树人同志高兴地说，"你母亲哩？"

"母亲看姑姑去了，"女孩子笑着说，"母亲常和我们提念大叔，我说叫她明天去，她非今儿个去不行！"

老人又说：

---

❶ 甓：pì，砖。

"从她父亲牺牲了，她们就搬到这村来住。家里穷，又是烈属，村里把那房子给了她们。她还有一个兄弟和一个妹妹哩！"

"快去叫他们来！"树人同志说。

"那不是他们，就在那边屋子里！"女孩子说。

我们往西院里一看，可不是一个六七岁的小女孩子，正扶着门框看我们。树人同志跳过墙去，拉着她的手问长问短，到屋里去了。

大女孩子牵出牲口去，老人从北屋里搬出一条板凳来，放在南房凉里①。树人同志回来，才把我介绍了。老人很亲热地握着我的手，叫我在他耳朵旁边，报告自己的姓名。我大声报了名字，他很喜欢，说：

"我记住了你的声音。你什么时候走到这里，你一说话，我就知道老朋友来了。"

我们坐下。女孩子牵着牲口回来，手里还提了一大桶水，说：

"在井上它喝得不多，叫它歇一歇再喝吧！"

她把牲口拴在香椿树上。

老人问：

"牲口饮好了？"

女孩子大声说：

"饮好了！"

"好。"老人说，"秋格，听我说：你去弄点面来，我们客来了，擀凉面吃！"

女孩子答应着过墙去了。

这些景象，谈话，对我因为生疏也就觉得平常，在树人同志的心里好像引起很多波澜。老人也好像在那里思想什么，不断用手摸着那花白胡子。过了一会，树人同志抬头告诉我说：

"事变前那些年，我在这一带做秘密工作，这院子就是我那时候的机关，老人是个高小教员，他倾家荡产来帮助革命。我们在这屋里办过列宁小

---

① 凉里：阴凉地。

学，专招收那些穷人家的孩子来上夜校，那些孩子们后来就成了这一带革命的根基，现在革命开花结果了，很多人在地方上负重要的责任。那女孩子的母亲叫凤儿，跟着父亲念书，富家子弟来求婚，老人说，那是我们的敌人，都拒绝了，许给了他最喜爱的一个穷学生，我们的同志，叫马信涛。老人说，在将来，穷人才有出息，有作为。老人后来被捕下狱，受酷刑，双目失明，耳朵受伤，差一点死在狱里。听说信涛在事变以后，参加部队，当团政委，'五一'那年，在平汉路一次战斗里牺牲了。……"（前面的几处白描伏笔到了这里就全部了然了：这家的老人，是早期的共产党员，他倾家荡产资助革命事业，为革命事业输送骨干力量，一代又一代人为了革命事业前赴后继，他是模范中的模范、典型中的典型。）

树人同志还没说完，老人说：

"树人，最近有什么好消息？"

树人同志报告了些老同志们的消息，又从皮包里拿出中央二月指示，笑着说：

"这里有中央的一个文件，叫他给你念念！"

老人很高兴，他庄严静穆地倾耳听着。我和他并肩坐着，大声朗诵中央的二月指示。那主要是分析爱国自卫战争的形势和指示进一步实行土地改革的。足足念了有吃一顿饭的工夫。

我念完了这个文件，从心里觉得做了一件最高兴的事。有一股热热的情感鼓荡着我，竟一时想起以后有多少工作要我去做，要去拼命完成！

老人听完了，沉默着。树人同志笑着对我说：

"他在思考、研究问题哩！"

过了一会，老人问：

"在这半年里面，我们一共消灭蒋介石多少军队？"

我告诉他消灭了五十九个旅。

老人又问：

"尽是哪几次大的战役？每一次战役消灭多少？我们部署的约略情形又是怎样？"

我一时说不详细，就敷衍潦草了几句。

老人有些不满，他说：

"你应该记得清楚，数目材料确实详细，才能分析研究。这样含糊其辞，使我这没眼的人难以捉摸呀！毛主席还在陕北吗？他的身体怎样？"

我说："还在陕北，他的身体很好。"

"好。这就是天大的胜利和好消息。"老人说，"我们的电台为什么不常报告些毛主席的消息，他们不明白有多少人关心毛主席的身体，比关心一个省城，甚至一个京城还重要！"（画线部分的人物对话明白晓畅，把一个活生生的革命前辈形象树立在了我们面前，使我们内心深处顿生敬仰之情。）

树人同志叫我去帮那女孩子做饭，我跳过破墙，到那边南屋里去。那是两间房子，屋里放着些织布纺线的家具，整齐干净。

屋里并没有叫秋格的那姑娘，一个小姑娘正坐在地上学纺线。另有一个十五六岁的男孩，坐在里间炕上，趴着窗台，拿铅笔描画什么，听见我进去，回过头来笑了一笑。这孩子浓眉大眼，非常神气，他说：

"你同树人叔在一块工作？"

我说：

"嗯。你叫什么？"

"我叫承志。"那孩子说，接着腼腆地一笑，"你再和树人叔说说，叫他带我出去工作。"

我说：

"你没有上学？"

他说：

"我想去当炮兵。"

我才看见，他描画的是一本新近战场上使用的各种炮的图样。我正要问他为什么要当炮兵，看见秋格推完了碾子，满头大汗端着半簸箕面回来了。一进门就问：

"还没点火？"

小姑娘手忙脚乱，赶紧放下纺车往锅里添水，打火烧柴。秋格用手背擦着额角上的汗，笑着说：

"同志，你看我们这日子，一个这么小不顶事，一个大些了，什么也不愿意干，整天画那个！"

"我觉得我这工作，比你们干的活重要，"男孩子不服气地望着我说，"你叫这位同志说说，穷人怎样才叫彻底翻身？穷人的饭，怎样才能吃得长远？"

"那得生产！"女孩子沾手和着面说。

"你叫我说，光推碾子捣磨不行，还是先打败老蒋要紧！"男孩子说。

"你想当兵，想成了疯魔！"女孩子说，"你可别吃饭呀，人家做熟了，你比谁也吃得多！"

我问村里给了他们多少地，怎样种法，女孩子说：

"我们分了十四亩地，我种。"

"耕耩①锄耪②你全会吗？"

"喂！同志，"男孩子笑着说，"你别认识不清了，人家年上当选了劳动英雄哩！"

"用着你了！"女孩子瞪了兄弟一眼，接着说，"学哩！今年我种了三亩棉花，二亩花生，再过来，吃花生吧！"（革命的目标是靠几代人的接力传承来完成的，这也是作者创作这篇小说的目的。所以他用较多笔墨刻画了老人的外孙和外孙女，读着姐弟俩的对话，我们真正知道了什么叫"有志不在年高"，也感到了革命自有后来人的欣慰。）

做熟了饭，我们就在这屋里吃。老人安排我们坐好，一个劲叫秋格给我添饭菜，秋格笑着喊：

"他们都满着碗哩！"

起了晌。我们告辞要走，说过些日子回来看他们。老人同三个孩子一直送我们到村外，树人同志拍着老人的肩头说：

"好好保重，我们完全胜利的日子不远了！"

---

❶ 耩：jiǎng，用耧播种。❷ 耪：pǎng，用锄翻松土地。

老人安稳沉静地说：

"那是自然。不然我们苦干了那些年，又苦干了这些年，为的是什么呀！"

我们走出很远，孩子才扶了老人回去。天气还是很热，在那样毒热的太阳下面，树人同志信马由缰，慢慢走着，很明显，他在回想过去那些经历。他对我说：

"老人还有个二女儿叫翔的，一九三三年在北平被捕牺牲了。她同我感情很好，老人原主张我们结婚的。今天，我没敢提起她来，老人也不提她。"

这一年秋后，我随军攻打津浦线。

这是冀中平原的东北部，地势很洼很平，村落很稀。我们的军队从南北并列的一带村庄，分成无数路向车站进发。天气很晴朗，车站的水塔看得很清楚，田野里的庄稼全收割了，只有棒子秸、绿豆蔓一铺一团地放在地里。

部队拉开距离，走得很慢。我往两边一看，立时觉得，在碧蓝的天空下面，在阳光照射的、布满谷茬秋草的大地上，四面八方全是我们的队伍在行进。只有在天地相接连的那里，才是萧萧的风云，低垂的烟雾。这时还有人在秋草地上牧羊，羊群是那样地洁白和安静，人们丝毫没有惊扰。

那里是云梯，一架又一架；那里是电线，一捆又一捆；那里是重炮、重机枪。背负这些东西的，都是年轻野战的英雄们，从他们那磨破的裤子，拖带着泥块的鞋子，知道他们连续作战好些日月了。

突然有一只野兔奔跑过来，有几个幼小的炮兵连声呼喊起来，我看见其中一个，恰恰就是在老人家遇见的那个男孩子承志！（读到这里，读者能够意会到男孩名字"承志"的深刻含义——继承革命意志！老人叫外孙女积极参加生产，争当劳动模范，后来又把十五六岁的唯一外孙送上解放战争的前线。这种不屈不挠、前赴后继的精神，是老区共产党员不怕牺牲甘于奉献的一个缩影。）

到了冲锋的地点，那个紧邻车站的小村庄。古运粮河从村中间蜿蜒流过，这条河两岸是红色的胶泥，削平直立，河水很浑很深，流得很慢。两岸都是园子，白菜畦葡萄架接连不断。一条乌黑的电线已经爬在白菜上，挂到前面去了。

战士们全紧张起来，我听到了战场上进攻的信号、清脆有力的枪声，冲锋开始了。我听见命令："过河！"就看见那个小小的炮手——马承志，首先跳进水里，登上了对岸。

这孩子跃身一跳的姿式，永远印在我的心里，这是标志我们革命进展的无数画幅里的一幅。在这以前，有他那年老失明的外祖父、在平汉线作战牺牲的马信涛、勤谨生产的姊姊马秋格；从它后面展开的就是我们现在铺天盖地的大进军，和那时时刻刻在冲过天空、吱吱作响、轰然爆炸的、我们的攻占性的炮声。（作者用孩子跃身一跳的画面结束全文，革命胜利和幸福生活来之不易，我们脚下的土地渗透了革命前辈的汗水和鲜血。我们应该永远把他们的功绩记在心里，并以他们为榜样，为建设这块土地做出牺牲和奉献，这或许就是本文带给我们的深刻启示。）

◆▶赏 读

孙犁的短篇小说《种谷的人》，是于1948年7月底在饶阳县东张岗创作的，同年8月发表于创刊不久的《石家庄日报》，后又被收入《采蒲台》《白洋淀纪事》《村歌》等多种选本。

本文只是描写了作者到县四区某村一次吃饭时的见闻，介绍了这个革命家庭的特殊经历，并通过一些细节记述了几个出场的人物，虽然故事比较简单，却令人非常感动，给我们留下了深刻印象。我们读小说的时候，发现通篇并没有写到农事耕作，更没有一点和种谷有关的事件和情节。那么以对文字精雕细琢一丝不苟著称的孙犁，为什么要给作品起这样一个题目呢？我们在反复研读揣摩、细细品味之后，才逐渐有所领悟。那时候，冀中土改后的农村干部群众经常挂在嘴边上的话就是："翻身不忘共产党，吃米不忘种谷人。"小说的标题《种谷的人》，并不仅仅指实际上的种谷的人，更是象征了为了国家的未来前赴后继、一代又一代不断奉献与牺牲的革命前辈。

 纪 念

1

住在定县的还乡队回村复辟。为了保卫农民的斗争果实，我们队伍开来了。

一清早，我又到小鸭家去放哨。她家紧靠村南大堤，堤外面就是通火车站的大路。她家只有两间土璧北房，出房门就是一块小菜园，园子中间有一眼小甜水井，井的旁边有一棵高大的柳树。这些年，每逢情况紧张的时候，我常常爬到柳树上去监视敌人的来路，这柳树是我的岗位，又是我多年的朋友。

（开篇交代了时代背景和故事发生的环境，语言明白洗练，朴实无华，舍弃了多余的背景铺叙，简化了激烈的矛盾冲突，作者力求在疏朗简明的框架中，凸显人物的性情和风致。）

柳树的叶子黄了，小菜园里满是整整齐齐的大白菜。小鸭的娘刚刚起来，正在嘱咐小鸭，等弟弟门楼醒了给他穿好衣服。随后她就忽的一声把门开开，嘴里叼着用红铜丝扭成的卡子，两手梳理着长长的头发，一看见我，就笑着说：

"呀！又是老纪同志，怨不得小鸭说你们来了。先到屋里暖和暖和。"

"你好吧，大嫂！"我说，"今年斗争，得到了什么果实？"

她把头发卡好，用手指着前面的园子说：

"分了这三亩园子。它在人家手里待了十年，现在又回来了。

"后面那深宅大院高门楼，是大恶霸陈宝三的住宅；东边，那是陈宝三的场院。西边，那是陈宝三的水车井大园子。三面包围，多少年俺家就住在这个老虎嘴里。

"早先俺家也并不这么穷。陈宝三，今年想这个办法硬挤一块去，明年又想那个办法圈哄一块去，逼得俺家只剩下这两间龌房，一出门限，就没有了自己的站脚之地。陈宝三还是死逼。小鸭的爷是个硬性汉子，他看出来陈宝三是成心把俺一家挤出去，就高低也不干了。陈宝三发下大话说：他不去，我有的是钱，我用洋钱把他的房顶填一寸厚，看他去不去！

"小鸭的爷正病在炕上，年关近了，要账的人又不离门，就有人来说合：'你就去给他吧！'俺家他爷说：'办不到！除非他先吃了我！'

"到了晚上，陈宝三打发人往俺家房顶上扔些那不时兴的小铜钱，丁当乱响，气得俺一家人发抖。这还不算，大年三十，陈宝三的场里失了一把火，烧了麦秸垛，陈宝三告到官府，说是小鸭的爹放的，抓进衙门去。老头子心痛儿子，又没有说理的地方，就把庄基①写给了他，活活气死！临死的时候，对我说：'记着！记着！'就断了气！

"第二年就事变了，俺家他爹争这口气，参加了八路军，九年了没有回来。前几天开斗争会，俺家小鸭登台讲了话，说得陈宝三闭口无言，全村的老乡亲掉泪。这口气总算争回来了！"（作者擅长描写人物对话，并通过人物对话依次推进情节发展、交代必要背景。这一段"我"与小鸭母亲的对话，虽然只是轻点几笔，但读者能够立刻从怒、嘲、嘻、笑中感受到小鸭母亲对敌人的仇恨，小鸭的迅速成长和革命带来的胜利果实的丰厚。）

"小鸭记得这些事吗？"我问。

"她不记得？自从她爷死了，每天晚上睡下了，我就提着她的耳朵学说一遍，她记得清清楚楚！好吧，纪同志，咱们回来再说话，我赶集去！"

她回手关上门。我问：

"去买什么？大嫂！"

---

❶ 庄基：农村种庄稼的地，和宅基地相对。

"看着什么便宜，就买点什么！"她微微一笑，"地多了，明年咱要好好种！不能叫那些地主恶霸笑话！他们不是说，地交到咱手里是白费吗？叫他们看看，是他们种得好，还是咱穷人种得好！"

说完她转身走了，我望着她那壮实的身子和那比男子还要快的脚步！

母亲刚走，小鸭也起来了。她哼着唱着穿好衣服，还故意咳嗽一声，才轻轻开了门。接着一闪就跳了出来，笑着说：

"你又来了！"

我看见小鸭穿一件黑红格子布新棉袄，浅紫色棉裤，只有脚下的鞋，还是破破烂烂的。头发留得像大人一样，长长的，后面用一个卡子束起来，像小鸟展开的尾巴。（这里第一次正面描写小鸭的外貌特征，将小鸭束起来的头发比喻成"小鸟展开的尾巴"，恰如其分。在作者的笔下，小鸭及其母亲这样的农村女性，从历史阴影中走出来了，乐观、健康、活泼、热情、识大体，给残酷的战争年代添上了明亮的一笔。）我说：

"呀，小鸭阔气了，穿得这么讲究。"

"你没见门楼哩，人家穿得更好！"她有点不服气地说，一转身，"我去给你叫起他来！"

我赶紧叫住她：

"你别去制作①人家了，叫他睡吧！"

她不听话，跑进屋里，立时我就听见她把门楼的被窝掀开，听见她那丁吟丁吟的笑声，和门楼那瓮声瓮气的叫骂。

门楼在我的印象里，是一个光屁股的孩子，从二月惊蛰河里刚刚解冻，他就开始光屁股，夏天，整天地到村南那苇坑里洗澡，来回经过一块高粱地，他就总是一身青泥，满脑袋高粱花。一直到十月底，天上要飘雪花了，才穿上棉裤袄。他这光屁股的长期奋斗，正和我这八路军光脚不穿袜子一样。

小鸭在后面推着，门楼一摇一摆走出来。他穿着一领新做的毛蓝粗棉袍，加上他那肥头大脑，短粗身子，就像一个洋靛桶。

---

❶ 制作：方言，意为折磨，打扰。

小鸭撇着薄薄的嘴唇说：

"他这新棉袍，也是我们斗争出来的钱买的！"

门楼还撒着眯怔，不住地嘟哝着。

2

老远传来了母亲喊小鸭的声音。母亲回来了，提着一个大柳罐，满脸红光，头发上浮着一层土。她说：

"鸭，我在集上买了几十斤山药，我们娘俩去把它抬回来。"

正赶上我要下岗，小鸭就说：

"叫纪同志和我抬去！"

我拿着筐，她扛着杠，到集上去了。集不远，就在十字街上。今天赶集的人很多，街上挤不动的人。刚刚斗争以后，农民们有的拿钱到集上置买些东西，有的把斗争的果实拿到集上来变卖。集上新添的估衣市、木货市，木器嫁妆很多。农民背着拿着买好的东西，说说笑笑。线子市里妇女特别多，唧唧喳喳，卖了线子又买回"布接"，一边夸奖着自己的线子细，一边又褒贬着人家的布接粗。（此处描绘了一幅农村集市的风俗画，具有醇厚的乡土风味。一方山水养一方人，作者把自己对故乡的眷恋融合在他的作品里，让我们看到了斗争以后农民收获胜利果实的喜悦之情和具有浓厚乡土气息的农村风俗。）

小鸭指着那些好皮袄、红漆立柜和大条案说：

"这都是斗争的陈宝三家的，谁家能有这么好的家什，净是剥削的穷人的。纪同志，你买了那个小红吃饭桌吧！很便宜。"

我笑一笑，说：

"我买那个干什么呀，我一个八路军！"

"放在炕上吃饭唄！我说买了，娘不愿意，她说等爹回来，才买！我爹就不是八路军？"

"你爹有信来吗？鸭。"

"没有哩！纪同志你给打听打听吧，给登登报。"

"他在什么队伍？"

"八路军队伍么，还有什么队伍？"

"我知道是八路军队伍，哪个团呀？"

"这个我们也不知道，反正是那年跟吕司令走的。"

"那好办，"我说，"我给你打听打听吧！"

我和小鸭把山药抬回来。我这么高，她那么小，我紧紧拉着筐系，不让筐滑到她肩上去。她一路走着笑着，到了家里，她娘留我吃饭，我在她家屋里坐了一坐。屋里比夏天整齐多了，新安上一架织布机，炕上铺着新席，母亲说，都是用斗争款买的。迎门墙上贴着一张墨描的毛主席像。门楼那家伙却不言不语地摘下他自己造的木枪来。那枪做得很不高明，只是一根弯榆木棍，系上了一条红布条子。（作者写小鸭家里陈设的变化，通过对比，表现了革命果实的丰硕，表达人民群众对革命的感激之情。）我只能夸好，小鸭在一旁笑了，母亲也笑着说：

"纪同志，你知道他是什么心思吗？"

我说不知道。母亲说：

"夏天，你在这里不是答应给他一支枪吗？后来你就走了，他整天磨翻①你记性坏，赌气自己做了一支，这是拿出来叫你看看，羞臊你哩！"

我赶紧说：

"这怨我记性坏，回头我们做一支！"

门楼就又不言不语把枪挂到墙上去了，那意思好像说：

"不叫你看这个，你还记不起来呢！"

小鸭在背后狠狠地说：

"看你那尊贵样子吧！"

母亲这时才红着脸说：

"纪同志，有个事和你商量商量，俺家他爹，出去了这就九年了，老也没个音讯，也费心给打听打听！"

---

❶ 磨翻：埋怨，责怪。

我说：

"刚才小鸭和我说了，这好办，我们去封信打听打听。大嫂，不要结记①，队伍开远了，交通又不方便，接不到信是常有的事。我也是八九年没和家里通信了。"

"纪同志不是东北人吗？有人说俺家他爹也跟着吕司令开到东北去了。"

"很有可能，那里来信不容易。"

我说着告别了出来。我想着，一定要给小鸭的爹——我的同志写封信，告诉他：他的孩子长大了，这样聪明；老婆进步了，这样能干；家里的生活变好了，一切是这么可羡慕，值得尊敬。他该是多么愉快。（这里用排比的修辞写出了一家人追求进步、乐观向上的精神，以及生活越变越好带给人的鼓舞。）

这时嗡呵嗡呵的，过来了几架飞机。门楼跑出来看，小鸭骂他：

"看那个干什么呀！那是蒋介石的飞机！"

我回到连里，知道情况紧了，我们要加紧警戒。

晚上，我又到小鸭家放哨，小鸭听见我来了，就跑出来说：

"纪同志，俺爹来信了！"

"怎么这样巧，拿来我看看净写的什么？"

母亲也掩饰不住那快乐的心情，把信交给我，并且把灯剔亮，送到我的面前。我在灯明下面，把信看了一遍，这是走了很远的路程的一封信，信封磨破了，信纸也磨去了头，还带着风霜雨露的痕迹。可是，别提信上的言词是多么兴奋动人，多么热情激动，我拿着信纸，好像握着一块又红又热的炭。不只小鸭的母亲吓得脸烧红了，我的心也跳起来。上面写着：他在这八九年里，走遍了河北、河南、山西、陕西，现在又开到了冰天雪地的东北；上面写着他爬过多么高的山，渡过多么险的河，现在已经升为营长。上面写着他怎样和日本鬼子作战，现在又和国民党反动派作战；上面写着他们解放了东北多少万苦难

---

❶ 结记：挂念，惦记。

的人民，那里的人民十四年经历的是什么样的苦难！上面写着他身体很好，胜利的日子就要到来。上面写着希望妻子进步，积极参加土地改革和反顽的斗争；上面问到小鸭长得怎么样了……（"烽火连三月，家书抵万金。"这不仅是一封书信，更像是一段人民苦难奋斗史！对于严酷的战争场面，作者避而不谈，转而截取生活的横切面，选取最有情感价值的部分，将之扩大、润饰，精诚打造，从而发掘其最本质的东西。）

小鸭嘻嘻笑着，指一指门楼说：

"上面没提他！"

"那时他……"娘像是要安慰门楼，说着脸红了。我明白那意思是，爹走的时候，门楼还在娘肚子里，出远门的人，恐怕是忘记临行时遗留的这块血肉了。

门楼垂头丧气，对于这使母亲姐姐这么高兴的新闻，好像并不关心，也莫名其妙，不言不语地吃着饭。

我回到我的岗位上去。想到我的同志们解放了我的家乡，我分外兴奋，对于眼前的敌人，我分外觉得有彻底消灭他们的把握。我轻轻地爬到柳树上面去。

天已经黑了，星星还没出全，天空没有一丝云彩，树枝也纹丝不动。只有些干黄的叶子，因为我的震动，轻轻落下来。我把身子靠在那根大干上，把背包架在老鸹巴里，把枪抱紧，望着堤坡那里。

堤坡外面那条汽车路，泛着灰白色，像一条刚刚蜕皮的大蛇。我想起，这八九年，多少敌人从这条路上踏过，多少灾难在这条路上发生，多少人死在这条路的中间和旁边的深沟里。多少次，我们从这条路上赶走了敌人。（短短几句话，清淡、寂远，像是不经意的几笔。虽然也提到时世艰难、家园破败、人生忧患，但只是轻点几笔，落笔虽浅，读者却看到了其中的惊涛骇浪、革命的起伏蹉跎。）

这时，屋里吹灭了灯，母亲打发孩子们睡下了，对于紧张的情况，好像并不在意。

这是八九年来一家人最快乐的一个夜晚了，这个夜晚，当母亲的想来是

131

很难入睡。她会想起许多不愿再想也不能不想的事。夜深了，天空飞过一只水鸟，可是天并没有阴。月亮升上来，照亮半个窗户，我听见门楼像大人一样呼呼地憩睡。像是小鸭翻了一个身，说：

"多讨厌呀，人家越睡不着，他越打呼噜！"

"鸭，你还没睡着吗？"母亲问。

"没有呀，怎么也睡不着了！"

"鸭，明天我们给你爹写一封信吧！"

"叫他回来吗？"

"干嘛叫他回来！把家里的事情和他学说学说。写上咱新添了三亩地。"

"对！给爹写封信，我老是想不起爹的模样来了！"

"他走的时候你还小。"

"我们给他写封信。娘，我们给他缝一个布信封吧，布信封就磨不破了，我见人家都做一个小布袋。"

"对。鸭，要不是顽军来进攻，你爹也许就家来了。"

"坏老蒋！"

过了一会，小鸭又说：

"娘！我看还是叫爹回来吧，听说陈宝三的大儿子参加了还乡队，要领着人回来夺地哩！"

"不要听他们胡嚷嚷！"母亲说，"有八路军在这里，他们不敢回来。天不早了，快睡吧。"

我不禁心里一震。原来在深深的夜晚，有这么些母亲和孩子，把他们的信心，放在我们身上，把我们当作了保护人。我觉得肩头加上了很重的东西，我摸了摸枪栓。西边远远的一声火车叫，叫得那么凄惨吓人，在堤坡外面的麦地里过宿的一群大雁，惊慌地叫着，向着月亮飞，飞上去又飞回来。接着是轰的一声雷，震得柳树摇动，窗户纸乱响。小鸭大声说：

"好，又炸了老蒋的火车，我叫你来回送兵！"

从此就听不见母女两个的交谈，月亮也落下去。我望一望那明亮的三星，很像一张木犁，它长年在天空游动，密密层层的星星，很像是它翻起的土花、播散的种子。

母子三个睡熟了，听他们的鼻息睡得很香甜，他们的梦境很远也很幸福。我想到战斗在我们家乡的雪地里的同志们，我望着很远的西方。

3

黎明，我放了报警的第一枪。

真的来了，这一群黄鼬一样的还乡队，立刻就接了火。敌人靠堤坡掩护着包围村庄，我们一班人上到小鸭家的屋顶上。

敌人冲着小屋射击，小鸭一家人并没有向别处转移。我在屋顶上喊：

"小鸭，趴到地下去，不要在炕上！"

小鸭叫道：

"纪同志，不要叫敌人攻进来呀！"

一直打到吃饭的时候，子弹不住从窗子里打进去，我非常担心，我喊：

"小鸭，躺在炕沿底下，不要抬头。"

"不要管我们，管你打仗吧！"她母亲说。我们见小鸭在一边吃吃地发笑。

听见我们的枪声密了，小鸭就高兴地喊：

"纪同志，你看看来的那些坏人里面有陈宝三的儿子没有？他是回来夺我们的园子的！"

我说：

"小鸭，放心吧，他回不来！"

敌人已经不敢抬头，新的命令还没来，我们就三枪两枪地顶着。

太阳走得那样慢，可是也过晌午了。我有些饿，渴得更难受，很想喝点水，我喊着问：

"小鸭，你们水缸里有水没有？"

"我看看去！"是她母亲的声音。

"爬着去呀！"

我听见她在外间屋里掀瓮盖的声音。"唉呀，怎么一点也没有了，小鸭这孩子！我昨天叫你提水，怎么没提呀！"

"不是爹来信了吗，我就没顾得去提。"小鸭说。

"你们渴得厉害吗？"母亲问。

"渴得厉害！"我失望地说，"没有就算了，快趴下吧！"

我紧紧盯着堤坡上的敌人，我也看见了园子中间那一眼小甜水井，辘轳架就在那里放着，辘轳绳还在井口上摇摆。我想，能有个什么管子通到我这里来就好了，痛痛快快喝他两口，那井水多么甜呀！

我听见房门吱的一声响，我吃惊问：

"谁开门？"

小鸭的娘提着昨天买来的新柳罐，从屋里爬出来，我急忙压低嗓子喊：

"大嫂，不要去，快回来！"

"不要紧，"她轻轻说，爬到井边去，把柳罐挂到井绳上，她是那样迅速地绞起了一罐水，当敌人发觉，冲着她连开三枪，她已经连跑带爬提进屋里来。

"兔崽子们，你们打不着我！"她喘着气连笑带骂。"用刺刀掏个小窟窿吧！"她向我们喊。（作者以从容淡定之态运笔，即使是写大敌当前，战火燃眉，命悬一线，也是化繁为简，在舒徐洒落中几笔带过，表现了革命群众的勇敢、自信与乐观，以及他们对革命战士的关心爱护。）

我从屋里系上一小罐水，小鸭还嘻嘻地笑着叫我系上一包干粮，她说：

"吃了，喝了，要好好地顶着呀。"

这水是多么甜，多么解渴。我怎么能忘记屋子里这热心的女人和把一切希望都寄托在我们身上的孩子？我要喝一口水，他们差不多就献出了自己的生命。他们的生命是这样可贵，值得尊敬，这生命经过长期的苦难，正接近幸福的边缘。我的责任是什么？我问着自己。我大声说："小鸭，我们就要冲锋了！"

➤ **赏　读**

　　孙犁的解放区小说《纪念》真实记录了冀中人民在中国共产党领导之下，为伟大的民族解放战争所激励，逐渐觉醒与反抗的斗争生活场景。1945年日本投降以后，孙犁随华北文艺大军返回冀中，在此度过的这段时间是他创作的高峰期，《纪念》在此时期发表。

　　土地改革是中国历史上的一件翻天覆地的大事，使解放区农村社会面貌发生了深刻的变化。广大农民不仅在经济上、政治上实现了翻身，更为土改的巨大成就所鼓舞。为了保卫胜利果实，他们纷纷投入解放战争的洪流中，从而保证了解放战争的顺利进行。孙犁塑造了小鸭母亲和小鸭这样从历史深处走来的乡村女性形象，她们痛恨地主，控诉他们的剥削压迫。土地改革以后，她们吃得好了，穿得好了，内心充满喜悦，所以她们为保卫胜利果实而努力，充满了乐观主义精神。这些在华北辽阔的大原野上，在抗日战争、解放战争艰难万端的岁月中生存、奋斗、坚持、等待的乡村女性，无一不是中华文明古国的伦理道德之花。孙犁以舒展的浪漫笔法，展现了在烽火连天的大时代中她们人性中最光彩的一面。

 "藏"

　　这一家就住在村边上。虽然家里不宽绰，新卯从小可是娇生惯养，父亲死得早，母亲拧着纺车把他拉扯大，真是要星星不给月亮。现在他已经是二十五岁的人，娶了媳妇，母亲脾气好，媳妇模样好，过的是好日子。媳妇叫浅花，这个女人，好说好笑，说起话来，像小车轴上新抹了油，转得快叫得又好听。这个女人，嘴快脚快手快，织织纺纺全能行，地里活赛过一个好长工。她纺线，纺车像疯了似的转；她织布，挺拍乱响，梭飞得像流星；她做饭，切菜刀案板一齐响。走起路来，两只手甩起，像扫过平原的一股小旋风。

　　婆婆有时说她一句："你消停着点。"她是担心她把纺车轮坏，把机子碰坏，把案板切坏，走路栽倒。可是这都是多操心，她只是快，却什么也损坏不了。自从她来后，屋里干净，院里利落，牛不短草，鸡不丢蛋。新卯的娘念了佛了。

　　刚结婚那二年，夫妇的感情好像不十分好。母亲和别人说："晚上他们屋里没动静，听不见说说笑笑。"那二年两个人是有些别扭，新卯总嫌她好说，媳妇在心里也不满意丈夫的"话贵"和邋遢。但是很快就好了，夫妻间容易想到对方的好处，也高兴去迁就。不久新卯的话也多些了，穿戴上也干净讲究了。

　　浅花好强，她以为新卯不好说不算什么，只要心眼实在，眉里眼里有她也就够了。而且看来新卯在她跟前话也真是不少。她只是嫌他当不上一个村干部。年上冬天，新卯参加了村里的工作，并且人们全说他是个顶事的干部，掌着大权，是村里的"大拿"。可是他既不是村长，又不是农会主任，不是治安员也不是调解委员。浅花问他他不说，晚上问，他装睡着了，呼呼地打鼾睡。浅花有气："什么话这样贵重，也值得瞒着我？"她暗施一计：在黑暗里自言自语地说："唉，八路军领导的这是什么世道啊！""你说这是什么世道，八路军哪一点对不起你？"新卯醒了，他狠狠地给她讲了一番大道理，上了一堂政治课，粗了脖子红了脸，好像面对着仇人。浅花暗笑了，她说：

"你是这里边的虫，好坚决，和我也不说实话。"

"你嘴浅。"新卯说。（作者通过人物对话慢慢展开故事情节，处处显得神秘，但是只字不提"藏"着什么，烘托出一种欲语还休、神秘莫测的氛围。）

他又转过身去睡了，这样常常气得浅花一直睁眼到天明。今年春天，春耕地耱上了，出全了苗，该锄头遍了，新卯却什么活也不愿意去做。在家里的时候更少了，每天黑更半夜才家来，早晨天一亮，就披上袍子出去了，家不像他的家，家里的人见他的面也难。浅花又是六七个月的身子，饭熟了还得挺着大肚子满街去找他，也不一定找得来，找回来像赴席一样，吃上一碗饭，将筷子一摆，就披上那件破棉袍子出去了。一顿饭什么话也不说。他的母亲虽然心痛儿子，可是对他近来的行动也不满意，只是存在心里不说；浅花可憋着一肚子气等机会发泄。她倒不是怨他不到地里去做活，她伤心的是近来对家里的人太冷淡，他那嘴像封起来的，脸上满挂着霜，一点笑模样也看不见。半夜人家睡醒一觉了，他才家来，什么也不说，倒头便睡，你和他念叨个家长里短吧，他就没好气地说：

"你叫人歇一下子吧，我累。"

浅花说：

"你累什么呀？水你不挑，柴你不抱，地你不锄，草苗快一般高了！"

"你不知道我有工作？"他倒发火了。

浅花只好冷冷地一笑，过半天自己又忍不住地小声问道：

"你近来做什么工作呀？"

“你没听说风声不好？”

“风声不好，我看又是谣言。就是吧，你也得照顾自己的身子呀，你近来脸色不好，身上又瘦多了。”

这时她才心痛起他来。他近来吃饭很少，眼都陷了下去，叫他睡觉吧，她不言语了。

又过了两天，他竟连夜不家来睡觉，天明了才家来，累得不像个人样子，进家就睡了，睡上多半天才起来；可是天一擦黑便又精神起来，央告着说：

“给我做点好吃的吧。”

母亲听见了便说：

“你给他炒个鸡蛋烙张饼。”

媳妇虽然不高兴他出去，却也照样给他做了，看着他一边吃，她一边问：

“吃了好东西干什么去？”

他咧着油光的大厚嘴唇说：

“这可不能告诉你！”

乡下的夫妇，有这么三天五天不在一条炕上，浅花就犯了疑心。她胡猜乱想，什么工作呀，夜间出去白天回来？她家住在顶南头村外，不常有人来；她想，村里干部多着呢，别人不一定这样。这一天，大街上刘喜的媳妇来借梭子，浅花就问她：

“大嫂子，你听见说敌人又要出来‘扫荡’吗？”

“没听见说呀！‘扫荡’怕什么呀，我就不怕。”

“可是俺家他爹没事忙，现在连黑夜间也不家来睡觉了！”

“哈！不家来睡觉，到哪里睡呀？”这女人大吃一惊，张着嘴问。

“谁知道，有这么三四宿了，人家说工作忙。”浅花叹了一口气。

“准是工作忙呗！”那女人说着，却撇了撇嘴，“工作忙，一天家是男女混杂，咱也不知道那是干什么工作！”

“大嫂子，你听见什么风声了吗？”浅花直着眼问。

"没有，你家他爹很老实，不像那些流氓蛋，你们夫妻的感情又不错！不过你要留点神，年轻的人说变心可快哩！说句不嫌你见怪的话吧，哪一个不比你年轻。"

这一晚浅花留上心，心里也顶生气。做晚饭了，丈夫从炕上爬起来眯着眼走出来说：

"擀点白条子吃吧？"

浅花的脸刷地拉下来，嘴噘得可以拴一匹小驴，脸上阴得只要有一点风吹就可滴下水来；半天才丧声丧气地说：（简洁的语言活灵活现地描绘了浅花因心里有怨而生气的样子。这里的神态描写惟妙惟肖，使用的比喻修辞也恰如其分，与浅花的身份十分吻合。）

"好吃的吧，你是有了功的了！"

"有功没功，反正尽自己的责任。"丈夫认真地说。

"瓮里没水！"浅花把手里的空水瓢往瓮里一丢，大声地说。

"我去担。"丈夫不紧不慢地担起水桶出去了。

等他担了水来，浅花还是生气，在灶火前低着头，手里撕着一根柴禾叶。丈夫说：

"快烧吧，你也知道发愁？别发愁，只要我们有准备，多么困难的环境也能通过去。"

浅花越听越没有好气，她想，你念什么咒呀！她打起火来，可是手有些颤，火镰凿在火石上，火星却落不到火绒上。丈夫接过去给她打着了，咧着大嘴笑了笑说：

"真笨。"

"我们是笨。"浅花把火点着，一手拉动风箱，"你去找精灵的去啊！"丈夫也听不出头绪，他以为女人也正在不高兴，他就坐在台阶上去，看着野外的高粱在晚风里摇摆。近来天旱，高粱长得才一尺来高，他想，下场透雨吧，高粱长起来，就是敌人"扫荡"也就不怕了。他望着那里发呆，浅花又忍不住，她扭转头来问：

"你别又装傻，我问你，这几日夜里你出去干什么来？"

"搞工作。"丈夫回过头来，还是心平气和地说。（这里夫妻二人的对话形成了鲜明的对比：妻子浅花气急败坏，丈夫新卯却不紧不慢、心平气和。作者用最直白简练的文字，表达出人物复杂的心理。）

"什么工作？"

"抗日工作。"

"你不用和我花马掉嘴，你好好地告诉我没事！"

女人是那么横，直眉瞪眼脸发青，丈夫也有些恼了。恼的是，女人为什么这么糊涂，这么顽固，这么不知心，这么不心痛人！我黑间白白累个死，心里牵挂着这些事，她不知道安慰我，还净找斜碴！他也嚷着说：

"我不能告诉你！你为什么这么横？你审我吗？"

母亲听见他们吵嘴，赶紧出来说了两句，两人才都不言语了。这一顿晚饭，一家人极不痛快，谁也没说话。

等新卯吃完饭，母亲将他叫到屋子里说：

"你整天整夜忙的什么，也不在家里照顾照顾。"

新卯没有说话，守着母亲坐了一会。天已经大黑了，他走到外间屋里，想出去，浅花正在门帘外慎着，一伸手就把他拉到自己屋里来；她在炕沿上一坐，哭着说：

"今黑夜你就不能出去，你出去我死在你手里！"

新卯瞪了瞪眼，想发火，但转眼看了看她，他忍下去了。他在屋里转了一会，浅花汪着两眼泪盯着他，他叹了一口气说道：

"我再出去一晚上。"

"不行！"

"你行行好，我算向你告假。"

"不行。"

浅花转过脸去啼哭起来，那脸在灯光下是那样地黄，过了一会，转动那笨重的大肚子仄到炕上去了。新卯又在屋里转了半天，他一边脱衣裳一边向媳妇解释：

"听你的话碴，好像我在外边有男女关系。绝没有那回事，你怎么这样猜疑呢，我是那样的人吗？"

浅花转过脸来说：

"没有那回子事，为什么尽夜里出去，为什么一出去就是一宿，一回来就是那么乏，还向我要好的吃，我没那些个好东西来养着你！"

新卯说：

"你不信就罢，这反正和你说不着。"他钻进被窝睡去了。浅花爬起来脱了衣服吹灭灯也睡了。外面起了风，吹得窗户纸响，外边的柴禾叶子也飞着。不久，浅花翻过身去呼呼地睡着了。

新卯静静地躺着，静静地坐起来，穿好衣服。下炕来，摸到外间，轻轻地开了门。外面很黑，风很大，但是春天的风吹到脸上是暖的，叫这样的风吹着，人的身上也懒起来，身子轻飘飘的，反倒有些睡意了。他集中了一下精神，振作了一下，奔着村南走去。他顺着那条窄窄的通到菜园子的小道走去，野外也很黑，但他可以看见那一望无边的高粱地在风里滚动，在远处柳树林的风很大，忽忽地响。

在他后面，浅花像一片轻轻的叶子从门里飘出来。（在菜园子、高粱地、柳树林的环境背景下，"轻轻的叶子从门里飘出来"的比喻太传神了，似乎浅花也与背景融为一体。浅花作为一个孕妇，却脚步轻盈，这充分说明了她心思细密、行动谨慎的特点。）她的身上虽然很笨重，但是她提着一口气走得很轻妙，她的两只眼什么也顾不得看，只望定了前边的黑影子紧跟着。她怕他一回头看见，又轻轻地躲闪，她走几步就停一下，常常很快地蹲下去，又很快地站起来。她心里又糊涂又害怕，他是到哪里去呢？

她看见新卯走到菜园子里站住了。她一闪就进了高粱地，坐下去，一尺高的高粱，正好遮住她的身子，但遮不住她的眼睛，她看见他冲着井台走过去了。她心里猛然跳了一下，半夜三更他到井边去干什么？要浇园白天浇不了吗？他又没带着水斗子，莫非有什么发愁的事或者是生了我的气要寻短见？这个人可是死心眼。她一挺就立起来。他真的一转身子掉到井里去了。

浅花叫了一声奔着井沿跑去，她心里一冷，差一点没有栽倒地上死过去。她想，竟来不及拉他一把，自己也跳到井里去吧。忽然新卯从井内把头伸

出来，举着一只手大声问："你是谁？"浅花没听清他说的什么，她哭着喊着跑过去，拉住自己丈夫的那只手，他手里抓着一支橛枪。她紧紧地攥他的手，死力往上拉，她哭着说："你不能死，你先杀了我吧！"新卯一把推了她三尺远，耸身跳出来，狠狠地压低声音说道："你这是干什么？"浅花又跑过去拉住他不放，她躺在新卯的怀里，哭得是那么伤心，那么动情，以致新卯的心热起来，感觉到在这个女人心里，他竟是这么重要。（生死之间，真情流露。浅花怀着人性中的慈良，为家园、为家人、为正义、为战士，能付出她所能付出的一切！）他的嘴唇动了两动，真想把真情实话告诉给她，但他心里一转想道：一个女人在你身边滴这么几点泪，就暴露了秘密，那还算什么人？可是，告诉她不是告诉别人，她不会卖我；假如她叫敌人抓住了呢，能够在刺刀前面，烈火上面也不说出这个秘密吗？谁能断定？这样一想他又把嘴闭紧了。他说：

"我不死，你回去吧。"

"你和我一起回去。"

"你看你又是这样，你总是这么缠磨我，耽误我的工作，那我就不再见你了。"

浅花待在黑影里，好像也看见丈夫那生了气的老实样子。她是聪明人，她想到了一些来由，她轻轻笑了，擦了擦眼泪，坐正了说：

"你不对我说，我不怪你。该知道的就知道，不该知道的我也不强要你告诉我。"

"这才算明白人！"新卯肯定地说。

"你也得早些回去。"女人站起来要走，她转眼又看了看丈夫，忽然心里一酸。她觉得自己是错怪了他，他是为了工作，才不回家吃饭，不进家睡觉，夜里一个人在地里偷偷地干活。她觉得丈夫有这么一个别人赶不上、自己也赶不上的大优点。她好像上到了摩天的高山，走进了庄严的佛殿，听见了煽动的讲演，忽然觉得自己的心胸也一下宽阔了，忘记了自己，身上好像来了一股力量，也想做那么一些工作，像丈夫一样。

"我能帮助你吗？"她立定了问。

"不用，你看你那么大肚子。"丈夫催她走了。

浅花转身走了几步。既然知道丈夫夜间出来不是为了男女关系，倒是为了抗日工作，不觉涌出了一种放下了心的愉快，一种因为羞愧引起的更强烈的爱情，一种顽皮的好奇心。她走到丈夫看不到的地方停了一会，又轻轻绕了回来，走到井边，已经看不见丈夫了。

她一个人坐在井台上。<u>风渐渐小了，天空渐渐清朗，星星很稀，那几颗大的星星却很亮。她探望井里，井虽然深，但可以看见那像油一样发光，像黑绸子一样微微颤抖的泉水。一颗大星直照进去，在水里闪动，使人觉到水里也不可怕，那里边另有一个小天地。</u>（此处的景色描写整体风格洁净冲和，透明澄澈，渲染了一种云淡风轻的宁静氛围，烘托了浅花内心的柔和，又给读者提供了一个想象空间，内涵丰富。）

田野里没有一点声音，村里既然没有狗叫，天还早也没有鸡鸣。庄稼地里吹过来的风，是温暖的，是干燥的，是带着小麦的花香的。浅花坐在井台上，静静地听着想着。

一个在这里等着想着，那一个却在远远的一块小高粱地里，一棵小小的柳树下面，修造他避难和斗争的小道口。他把几夜来掘出的土，匀整地撒到更远的地里去，在洞口，他安好一块四方的小石板；然后他倚在那小柳枝上休息了。他赤着膊子，叫春天的夜风吹着，为工作的完成高兴，为同志的安全放宽了心，为那远远的胜利日子急躁，为那就要来到的大"扫荡"不安。

然后他把那方小石头掀开，伏下身像条蛇一样钻了进去。他翻上翻下弯弯曲曲地爬着，呼吸着里面湿潮的土气，身上流着汗。他在那个大堡垒地方休息了一会，长好的草上已经汪着一层水。他又往前爬，这里的洞，更窄更细了，他几乎拉细了自己的身子，才钻到了那最后一个横洞。他抽开几个砖，探身出来，看见了那碧油油的井水，不觉用力吸了一口清凉的空气，两只脚蹬着井砖的错边，上了井口。那一个还在那里发呆，没有发觉哩。

"怎么你还没走？"

"我守着你。"

"你这人！"丈夫唉了一声。

"我知道了。你这里是个洞，叫谁藏在里面？"浅花笑着问。

丈夫不高兴，他说：

"你问这些事干什么，想当汉奸？"

浅花还是笑着说：

"我想起了一件事，自己的事得自己结记着，你是不管的。"

丈夫披上他的衣服没有答声。

"我快了，要是敌人'扫荡'起来，能在家里坐月子？我就到你这洞里来。"

"那可不行，这洞里要藏别的人。"新卯郑重地说，"坐月子我们再另想办法。"

以后不多几天，这一家就经历了那个一九四二年五月的大"扫荡"。这残酷的战争，从一个阴暗的黎明开始。

能用什么来形容那一月间两月间所经历的苦难，所眼见的事变？心碎了，而且重新铸成了；眼泪烧干，脸皮焦裂，心脏要爆炸了。

清晨，高粱叶黑豆叶滴落着夜里凝结的露水，田野看来是安静的。可是就在那高粱地里豆棵下面，掩藏着无数的妇女，睡着无数的孩子。她们的嘴干渴极了，吸着豆叶上的露水。如果是大风天，妇女们就把孩子藏到怀里，仄下身去叫自己的背遮着。风一停，大家相看，都成了土鬼。如果是在雨里，人们就把被子披起来，立在那里，身上流着水，打着冷颤，牙齿得得响，像一阵风声。（这段描写写出了严酷的战争带来的伤害和恐惧太过深重，远远超过了自然以及其他类型的灾祸。这不仅意味着田庐的被毁，也将人们置于苦难的危险境地，由此也更突出了敌人的凶残，为下文写浅花对抗战的支持做铺垫。）

浅花的肚子越沉重了，她也得跟着人们奔跑，忍饥挨饿受惊怕。她担心自己的生命，还要处处留神肚里那个小生命。婆婆也很担心浅花那身子，她计算着她快生产了，像这样整天逃难，连个炕席的边也摸不着，难道就把孩子添在这潮湿风野的大洼里吗？

在一块逃难坐下来休息的时候，那些女伴们也说：

"你看你家他爹，就一点也不管你们，要男人干什么用呀！这个时候他还不拉一把扯一把！"

浅花叹了一口气说："他也是忙。"

"忙可把鬼子打跑了哇，整天价拿着破橛枪去斗，把马蜂窝捅下来了，可就追着我们满世界跑，他又不管了。"一个女伴笑着说，"现在有这几棵高粱可以藏着，等高粱倒了可怎么办哩？"

"我看我恐怕只有死了！"浅花含泪道。

"去找他！他还能推得这么干净……"女同伴们都这样撺掇她。

<u>浅花心里明白，现在她不能去麻烦丈夫，他现在正忙得连自己的命也不顾。只有她一个人知道新卯藏在小菜园里，每天下午情况缓和了，浅花还得偷偷给他送饭去。</u>（这里写出了浅花的识大体和顾大局。作者不是一般地反映现实，而是把群众的日常生活斗争与时代联系在一起，使人们看到那是灾难深重的年代，又是人民觉醒的年代。在革命战争的悲欢离合面前，作者满怀深情，献上了由衷的赞歌。）

和丈夫在一块的还有一个年轻的人，浅花不认识，丈夫也没介绍过。刚见面那几天，这个外路人连话也不说，看见她来送饭，只是笑一笑，就坐下来吃。浅花心里想，哪里来的这么个哑巴；后来日子长了，他才说起话来，哇啦哇啦的是个南方人。

从浅花眼里看过去，丈夫和这个外路人很亲热。外路人说什么，丈夫很听从。浅花想："真是，你要这么听我说也就好了。"

这天她又用布包了一团饭，揣在怀里，在四外没有人走动的时候，跑进了对面的高粱地，从一人来高密密的高粱里钻过去，走到自家的菜园。高粱地里是那样地闷热，一到了井边，她感觉到难得的舒畅和凉快。

太阳光强烈地照着，园子里放散着黑豆花和泥土潮热的香甜味道。

这小小的菜园，就做了新卯和那个人退守的山寨。他们在井台上安好了辘轳，还带了一把锄，将枪掖在背后的腰里，这样远远看去，他们是两个安分的农夫，大大的良民。虽然全村广大的土地都因为战争荒了，这小小的菜园却拾掇得异常出色。几畦甜瓜快熟了，懒懒地躺在太阳光下面。

人还没有露面，这沉重凸胀的大肚子先露了出来。新卯那大厚嘴唇就动了动，不知道因为是喜爱还是心痛。

"那边没事吗？"他问。

浅花说："没有。"

新卯和那人吃着饭，浅花坐在一边用褂子襟扇着汗，那个人问：

"这几天有人回家去睡觉了？"

"家去的不少了，鬼子修了楼，不常出来，人们就不愿再在地里受罪了。"浅花说。

"青年人有家去的吗？"那人着急地问。

"没有。"新卯说，"我早下了通知。"

那个人很快地吃完饭，站起身来，望望她的肚子笑着说："大嫂子，快了吧，还差多少日子？"

浅花红了脸看着丈夫。那人又问新卯，新卯说：

"谁闹清了她们那个！"

"你这个丈夫！"那个人说，"要关心她们么！我考虑了这个问题，在家里生产不好，就到这洞里来吧，我们搬到上面来睡，保护着你，你说好不好？"

浅花笑着说："那不成了耗子吗？"

"都是鬼子闹的么！"那个人忿忿地说。

新卯吃完了饭，跑去摘了几个熟透了的大甜瓜，自己吃着一个，把那两个搬到浅花面前，他说：

"还是这个玩艺省事，熟透了不用摘，一碰自己就掉下来了。"

浅花狠狠地斜了他一眼。

她回到家里，心里犹豫着，她不愿去扰乱丈夫，又在家里睡了。

这一晚上，敌人包围了他们。满街红灯火仗，敌人把睡在家里的人都赶到街上去，男男女女哆里哆嗦走到街上，慌张地结着扣子提上鞋。

敌人指名要新卯，人们都说他不在家，早跑了。敌人在人群里乱抽乱打，要人们指出新卯家的人，人们说他一家子都跑了。那些女人们，跌坐在地上，身子使劲往下缩，由前面的人把自己压在下面。当母亲的用衣襟盖住孩子的脸，用腿压住自己的女儿。在灯影里，她们尽量把脸转到暗处，用手摸着地下的泥土涂在脸上。身边连一点柴禾丝也没有，有些东西掩盖起自己就好了。

敌人不容许这样，要人们直直地站起来，把能找到的东西放在人们的手里，把一张铁犁放在一个老头手里，把一块门扇放在一个老婆儿手里，把一根粗木棍放在一个孩子手里，命令高高举起，不准动摇。

敌人看着人们托着沉重的东西，胳臂哆嗦着，脸上流着汗。他们在周围散步、吸烟、详细观看。

浅花托着一个石砧子，肚子里已经很难过，高举着这样沉重的东西，她觉得她的肠子快断了。脊背上流着冷汗，一阵头晕，她栽倒了。敌人用皮鞋踢她，叫她再高举起那东西来。

夜深了，就是敌人也有些困乏，可是人们还得挣扎着高举着那些东西。

灯光照着人们，照在敌人的刺刀上，也照在浅花的脸上，一点血色都没有，流着冷汗。她知道自己就要死了，她想思想点什么，却什么也不能想。

她眼里冒着金星，在眼前飞，飞，又落下，又飞起来。

谁来解救？一群青年人在新卯的小菜园集合了，由那外路人带领，潜入了村庄，趴在房上瞄准敌人脑袋射击。

敌人一阵慌乱，撤离了村庄。他们把倒在地下的浅花抬到园子里去。

不久，她就在洞里生产了。

洞里是阴冷的、潮湿的，那是三丈深的地下，没有一点光，大地上的风也吹不到这里面来。一个女孩子在这里降生了，母亲给她取了个名，叫"藏"。

在外面的大地里，风还是吹着，太阳还是照着，豆花谢了结了实，瓜熟了落了蒂，人们为了未来的光明，正在田野里进行着斗争。（作者通篇似乎着眼的都是小事，不浓墨重彩，不大肆渲染，用最平凡的豆花结实、瓜熟蒂落代表最自然最光明的前景，将胜利的喜悦感淡淡地渗透于字里行间，恰到好处地将感人的时代精神表现了出来。）

→ **赏 读**

　　《"藏"》是一篇结构独特的抗日战争小说。孙犁的小说通常都是那个时期的生活和斗争的真实反映。因此他把整个战争，尤其是抗日战争时期，看作他文学创作的黄金时代。他说："我喜欢我的战争小说。我的这些小说是对时代和故乡人民的赞歌。"孙犁从小说的开篇就埋下伏笔，引导读者去思考"藏"的含义，一直到结尾处才揭晓谜底，写作手法新颖且十分成功。

　　本文重点刻画了一名独具风格的青年农村女性——浅花。浅花作为普通的劳动妇女，身上具备淳朴、善良、勤劳、坚韧的民族传统美德，是持家生产里里外外的一把好手。在新的历史环境里，浅花又渐渐地在斗争中具备了勇敢、上进、独立等精神风范。不管时势如何动荡，生活怎样艰辛，她始终正心固本，举大义，持忠孝，施仁慈，变得更加识大体、顾大局，热爱家乡，也热爱共产党领导、建立的民主政权。她的身上鲜明地体现出了中华民族新的历史时期纯真的人情美和人性美。

碑

　　赵庄村南有三间土坯房，一圈篱笆墙，面临着滹沱河，那是赵老金的家。这老人六十几岁了，家里只有一个五十多岁的老伴和一个十六七岁的姑娘。姑娘叫小菊，这是一个老生子闺女，上边有两个哥哥全没拉扯大就死了。赵老金心里只有两件东西：一面打鱼的丝网和这个女孩子。天明了，背了网到河边去打鱼，心眼手脚全放在这面网上；天晚了，身子也疲乏了，慢慢走回家来，坐在炕上暖脚，这时候，心里眼里，就只有这个宝贝姑娘了。

　　自从敌人在河南岸安上炮楼，老人就更不干别的事，整天到河边去，有鱼没鱼，就在这里待一天。看看天边的山影，看看滹沱河从天的边缘那里白茫茫地流下来，像一条银带，在赵庄的村南曲敛了一下，就又奔到远远的东方去了。看看这些景致，散散心，也比待在村里担惊受怕强，比受鬼子汉奸的气便宜多了。

　　平常，老头子是个宽心人，也看得广。一个人应该怎么过一辈子，他有一套很洒脱很乐观的看法。可是自从敌人来了，他比谁更愁眉不展，比谁也咬牙切齿，简直对谁也不愿意说话，好像谁也得罪了他，有了不可解的仇恨似的。

　　那个老伴却是个好说好道好心肠的人。她的心那么软，同情心那么宽，比方说东邻家有了个病人，她会吃不下饭，睡不好觉。西邻家要娶媳妇了，她比小孩子还高兴，黑夜白日自动地去帮忙。谁家的小伙子要出外，她在鸡叫头遍的时候就醒来，在心里替人家打点着行李，计算着路程，比方着母亲和妻子的离别的心，暗暗地流泪。她就是这样一个热心肠的人。事变后，她除去织织纺纺，还有个说媒的副业。她不要人家的媒人钱和谢礼，她只有那么一种癖病，看见一个俊俏小伙子，要不给他说成一个美貌的媳妇，或是看见一个美貌的姑娘，不给她找一个俊俏的丈夫，她就像对谁负了一笔债，连祖宗三代也对不起似的。当她把媒说成了，那个俊俏的和美貌的到了一家，她会在意想不到的时候，就是在那年轻夫妇最从心里感到自己的幸福的时候，突然驾临他们那小小的新房，以致新郎新妇异口同声地欢呼道：

"咳呀，大娘来了！"

在这样情形下面，她坐下来，仰着脸看看那新媳妇，一直把那新人看得不好意思起来，她才问道：

"怎么样，我给你说的这婆家好不好？"

因为对这媒人是这么感激，新人就是不想作假，也只能红着脸答应一个好字。她又问那个当丈夫的，自然丈夫更爽快利落地感谢了她。这样老婆子破口一笑，心满意足了。

一九四二年"五一"事变以前，晋察冀边区双十纲领一颁布，她就自动放弃了这个工作。遇到那二十上下的男子，十八帮近的姑娘们，她还是热心地向他们提说提说，不过最后她总是加个小注，加一段推卸责任的话，那意思就像我们常常说的："这不过是我个人的意见，提出来请你参考，你自己考虑考虑吧。"

至于那个叫小菊的姑娘，虽说从小娇生惯养，却是非常明理懂事。她有父亲一样的安静幽远，有母亲一样的热情伶俐。从小学会了织纺，在正发育的几年，恰好是冀中的黄金时代，呼吸着这种空气，这孩子在身体上、性情上、认识上，都打下了一个非常宝贵非常光彩的基础。三间土坯北房，很是明亮温暖，西间是一家人的卧室，东间安着一架织布机，是小菊母女两个纺织的作坊，父亲的网也挂在这里。屋里陈设虽说很简单，却因为小菊的细心好强，拾掇得异常干净。

"五一"以后，这一间是常住八路军和工作人员的。大娘的熟人很多，就是村干部也不如她认识人多。住过一天，即便吃过一顿饭，大娘就不但记住了他的名字，也记住了他的声音。

这些日子，每逢赵老金睡下了，母亲和女儿到了东间，把窗户密密地遮起来，一盏小小的菜油灯挂在机子的栏杆上，女儿登上机子，母亲就纺起线来。

纺着纺着，母亲把布节一放，望着女儿说：

"八路军到哪里去了呢？怎么这么些日子，也不见一个人来？"

女儿没有说话，她的眼睛还在随着那穿来穿去的梭流动，她听清了母亲的话，也正在想着一件事情，使她茫然地有些希望，却也茫然地有些忧愁的事情。

母亲就又拾起布节纺起来，她像对自己说话一样念叨着：

"那个李连长，那年我给了他一双白布夹袜。那个黑脸老王，真是会逗笑啊！他一来就合不上嘴。那个好看书写字的高个子，不知道他和他那个对象结了婚没有？"

现在是十月底的天气，夜深了，河滩上起了风，听见沙子飞扬的声音。窗户也呼打呼打地响。屋里是纺车嗡嗡和机子挺拍挺拍的合奏，人心里，是共同的幻想。（这一段写得形象迷人。作者将北方十月底深夜乡村的那种萧瑟、寂寞写出来了。其实写的也是人心上的一种寂寞，表现的是人民对战士的盼望之情。）

母亲忽然听见窗户上啪啪地响了两下，她停了一下纺车，以为是风吹的，就又纺起来。立时又是啪啪啪的三下，这回是这么清楚，连机子上的女儿也听见了，转眼望着这里。

母亲停下来小声地对女儿说：

"你听听，外面什么响？"

她把耳朵贴到窗纸上去，外面就有这么一声非常清楚、熟悉又亲热的声音：

"大娘！"

"咳呀！李连长来了！"母亲一下就出溜下炕来，把纺车也带翻了。女儿又惊又喜地把机子停止，两手接着柱板，嘱咐着母亲：

"你看你，小心点。"

母亲摘下灯来，到外间去开了门。老李一闪进来，随手又关了门，说：

"大娘进来吧！小心灯光射出去。"

大娘同老李到了屋里，老李手里提了一把盒子，身上又背一支大枪，穿一身黑色短袄黑色单裤，手榴弹子弹袋缠满了他的上半截身子。他连坐也没顾得坐，就笑着对大娘说：

"大伯在家吗？"

"在家里。干什么呀，这么急？"大娘一看见老李那大厚嘴唇和那古怪的大鼻子，就高兴地笑了。

"我们有十几个人要过河，河里涨了水，天气又凉不好浮。看见河边有一只小船，我们又不会驶，叫起大伯来帮帮忙。"

小菊叫着，连忙从机子上下来到西间去了。

"十几个人？他们哩？"大娘问。

"在外边。我是跳墙进来的。"老李说。

<u>看见老李那么急得站不住脚，大娘看定了老李，眼里有些酸。</u>

<u>"你知道你们这些日子没来，我是多么想你们呀！"</u>

<u>老李心里也有很多话要说，可是他只能笑着说：</u>

<u>"我们也想你，大娘。我们这不是来了吗？"</u>

<u>"来了，做点吃的再走。"大娘简直是求告他，见有机会就插进来。</u>

<u>"不饥。"</u>

<u>"烧点水？"</u>

<u>"不渴，大娘。我们有紧急的任务。"老李就转眼望着西间。</u>

<u>"那你就快点吧！"大娘叹息地向着西间喊了一声。</u>（此处的人物对话所叙写的正是人民群众与八路军战士的深情厚谊。稍有些时日没有见到战士们，大娘便心绪不宁，想象着战士们的变化；李连长深夜来访，使大娘欣喜异常，所以她才急切地"求告"同志们吃饭、喝水。）

"来了。走吧，同志。"老金已经穿好衣服，在外间等候了。

老金在院里摸着一支篙。大娘开了篱笆门送了他们出去。她摸着在门外黑影里等候着的人们说：

"还有我认识的不？"

"有我，大娘。"

"大娘，有我。"

有两个黑影子热情激动地说着，就拉开队走了。

大娘掩好门，回到屋里，和女儿坐在炕上。她听着，河滩里的风更大了，什么声音也听不见。但是她还是听着，她在心里听见，听见了那一小队战士发急的脚步，听见了河水的波涛，听见了老李受了感动的心、那更坚强的意志、战斗的要求。

娘俩一直听着，等着。风杀了，一股寒气从窗子里透进来。

小菊说：

"变天了。娘，地下挺冷，我换上我那新棉裤吧！"

"你换去吧！谁管你哩。"

小菊高兴地换上她那新做的，自己纺织自己裁铰的裤子。（作者似乎不愿意选取所谓的重大事件来表现军民之间的深情厚谊，而是随手从生活中截取极为普通的场景——天寒地冻，小菊换上了新棉裤。看似平铺直叙的一个情节，实际上又是一处伏笔。）窗纸上已经结上了一团团的冰花。老金回来，他的胡子和鬓角上挂着一层霜雪。他很忧愁地说：

"变天了，赶上了这么个坏天气！要是今黑间封了河，他们就不好过来了。"

一家三口，惦记着那十几个人，放心不下。

早晨，天没亮，大娘就去开了门。满天满地霜雪，草垛上、树枝上全挂满了。树枝垂下来，霜花沙沙地飘落。河滩里白茫茫什么也看不见。

当大娘正要转身回到屋里的时候，在河南边响起一梭机枪。这是一个信号，平原上的一次残酷战斗开始了。

机枪一梭连一梭，响成一个声音。中间是清脆沉着的步枪声。一家人三步两步跑到堤埝上，朝南望着。

枪声越紧也越近，是朝着这里来了。村里乱了一阵，因为还隔着一条河，又知道早没有了渡口，许多人也到村南来张望了。只有这一家人的心里特别沉重，河流对他们不是保障，倒是一种危险了。

　　树枝开始摇动，霜雪大块地往下落。风来了，雾也渐渐稀薄。枪声响到河南岸，人们全掩藏到堤后面去了。

　　他们这叫观战。长久的对战争的想望，今天才得到了满足。他们仔细地观察，并且互相答问着。

　　雾腾起，河流显出来，河两边水浅的地方，已经结了冰，中间的水流却更浑浊汹涌了。

　　他们渐渐看见一小队黑衣服的战士，冲着这里跑来。他们弯着身子飞跑，跑一阵就又转回身去伏在地上射击。他们分成了三组，显然是一组对付着一面的敌人。敌人也近了，敌人从三个方向包围上来，形成了一个弓背。这一小队黑衣服的战士就是这个弓的弦，是这弦牵动着那个弓背，三面的敌人迅速地逼近他们。

　　"那穿黑衣裳的是我们八路军！夜里才过去的。"小菊兴奋又担心地大声告诉她身边的人。

　　这一小队人马，在平原上且战且走。他们每个人单独作战，又联结成了一个整体，自己留神是为的保护别人。在平原上初冬清晨的霜雾里，他们找到每一个可以掩蔽自己的东西：小壕沟、地边树、坟头、碑座、大窑疙瘩和小树林。他们在那涂满霜雪的小麦地里滚过来了。

　　这自然是撤退，是突围。他们一个人抵挡着那么些个敌人。三面的敌人像一团旋转的黄蜂，他们飞上飞下，迫害着地面上的一条蜈蚣。蜈蚣受伤，并且颤抖了一下，但就是受伤的颤抖，也在观战人的心里形成了悲壮的感觉。

　　人们面前的土地是这样地平整和无边际。一小队人滚动在上面，就像一排灿烂的流星撞击在深夜的天空里，每一丝的光都在人们的心上划过了。

　　战争已经靠近河岸。子弹从观战人们的头顶上吱吱地飞过去。人们低下头来，感到一种绝望的悲哀。他们能渡过这条河吗？能过来可就平安了。

　　赵老金忘记了那飞蝗一样的子弹，探着身子望着河那边。他看见那一小队人退到了河边。当他们一看出河里已经结了冰，中间的水又是那么凶的时候，微微踌躇了一下。但是立刻就又转过身去了，他们用河岸做掩护，开始向三面的敌人疯狂地射击。

老金看出来：在以前那么寡不敌众，那么万分危险的时候，他们也是节省了子弹用的。现在他们好像也知道是走到一条死路上来了。

他们沉着地用排枪向三面的敌人射击。敌人一扑面子压过来，炮火落到河岸上，尘土和泥块，掩盖了那一小队人。

老金看见就在那烟火里面，这一小队人钻了出来，先后跳到河里去了。

他们在炮火里出来，身子像火一样热，心和肺全要爆炸了。他们跳进结冰的河里，用枪托敲打着前面的冰，想快些扑到河中间去。但是腿上一阵麻木，心脏一收缩，他们失去了知觉，沉下去了。

老金他们冒着那么大的危险跑到河边，也只能救回来两个战士。他们那被水湿透的衣裳，叫冷风一吹，立时就结成了冰。他们万分艰难地走到老金的家里。村北里也响起枪来，村里大乱了。母女两个强拉硬扯地给他们脱下冻在身上的衣服，小菊又忙着到东间把自己的新棉裤换下来，把一家人过冬的棉衣服叫他们穿上，抱出他们的湿衣服去，埋在草里。（这里描述的是一个残酷的事件：八路军战士被日军围堵，或英勇牺牲，或命丧冰河。在群众冒死救助下，只有两位战士死里逃生；小菊换下新棉裤，呼应前文的伏笔。作者对这场战斗的描述中，深厚的情感融入了忧愤悲慨的元素，给读者带来深深的触动。）

大娘含着两眼热泪说：

"你们不能待着，还得走，敌人进村了！"

她送他们到村西的小交通沟里，叫他们到李庄去。到那里再暖身子吃饭吧。她流着泪问：

"同志！你们昨晚上过去了多少人？"

"二十个。就剩我们两个人了！"战士们说。

"老李呢？"

"李连长死在河里了。"

这样过了两天，天气又暖和了些。太阳很好。赵老金吃过午饭，一句话也不说，就到河边去了。他把网放在一边，坐在沙滩上抽一袋烟。河边的冰，叫太阳一照，乒乓地响，反射着太阳光，射得人眼花。老金往河那边望过去，小麦地直展到看不清楚的远地方，才是一抹黑色的树林，那是一个村庄，村庄边上露出黄色的炮楼。老金把眼收回来。他好像又看见那一小队人从这铺满小麦的田地里滚过来，纵身到这奔流不息的水里。（这是本文中极为动人的以景衬情的描写。文字克制，朴素，简单，但又弥漫着一股悲伤。明着写风景，其实写的是人的心情。一切恢复平静了，似乎什么事情都没有发生过，太阳照常升起，河边的冰都开始融解，但是逝去的人，再也不会回来了。）

他站立起来，站到自己修好的一个小坝上去。他记得很清楚，那两个战士是从这个地方爬上岸来的。他撒下网去，他一网又一网地撒下去，慢慢地拉上来，每次都是叹一口气。

他在心里祝告着，能把老李他们的尸首打捞上来就好了，哪怕打捞上一支枪来呢！几天来只打上一只军鞋和一条空的子弹袋。就这点东西吧，他也很珍重地把它们铺展开晒在河滩上。

这些日子，大娘哭得两只眼睛通红。小菊却是一刻不停地织着自己的布，她用力推送着机子，两只眼狠狠地跟着那来往穿送的梭转。她用力踏着登板，用力卷着布。

有时她到河岸上去叫爹吃饭，在傍晚的阳光里，她望着水发一会呆，她觉得她的心里也有一股东西流走了。

老头固执得要命，每天到那个地方去撒网。（作者只是粗略地记叙了那场残酷的战斗，却细致描写了这一事件对主人公一家三口内心的震动和影响：每个人的个性似乎都改变了。痛苦、愤恨、悲慨的情绪在三位具有不同性格却都将战士们视为亲人的一家人的内心流动。）一直到冬天，要封河了，他还是每天早晨携带一把长柄的木锤，把那个小鱼场砸开，"你在别处结冰可以，这地方得开着！"于是，在冰底下憋闷一夜的水，一下就冒了上来，然后就又听见那奔腾号叫的流水的声音了。这声音使老人的心平静一些。他轻轻地撒着网。他不是打鱼，他是打捞一种力量，打捞那些英雄们的灵魂。

那浑黄的水，那卷走白沙又铺下肥土的河，长年不息地流，永远叫的是一个声音，固执的声音，百折不回的声音。站立在河边的老人，就是平原上的一幢纪念碑。

➤ 赏 读

　　1944年2月13日夜，在安平县滹沱河边，第45区队英勇抵抗敌人围攻，在突围中许多战士在冰冷的河水中牺牲，而当地许多群众不断寻找牺牲的战士，掩埋他们的遗体。1946年春，孙犁从延安回到冀中家乡，听说此事后，以深情之笔写下小说《碑》。

　　《碑》叙述的是人民群众与八路军战士之间的深情厚谊。平实的叙写中，读者切实感受到了赵老金一家人对人民战士自然而然的惦念、关怀与帮助，以及战士牺牲后，他们对战士深深的惋惜和怀念，体现的是一种实实在在、自自然然的父子、母子、兄妹般的亲情。《碑》的主题思想从题名就可以得知——战士虽然牺牲了，但人们心中一座座高大的"碑"永远耸立。

　　因为《碑》是一个悲剧，所以写得比较低沉。作者通过风景描写和心理描写相结合的手法，将北方十月底乡村深夜的那种萧瑟、寂寞写了出来，其实，写的也是人心上的寂寥，以景衬情，格外动人。这篇小说是孙犁的作品中不多见的沉郁类型，非常具有艺术个性。在抒情基调上，它一改以名作《荷花淀》为代表的清新明快的写作风格，转而表现出一种凝重、悲壮、沉郁、深厚的艺术风格。小说虽短却极有力量，并且从另一方面说明了孙犁作品风格的多样性。

丈 夫

今天是中秋节日，可是还有一场黑豆没打。上午，公公叫儿媳妇把场摊上，豆叶上满带着污泥，发着臭气。日本黑心鬼，偷偷放了堤，淹了老百姓，黑豆没长好，豆子是秕秕的①。草不好，黄牛也瘦了。儿媳妇站在场里没精打采的。年景没有了，日子不好过，丈夫又没消息。去年，他还在近处，八月十三那天还抽空回家来看了看，她给他做了一件新棉袄，两个人欢天喜地。八月节，应该团圆团圆；她给他做了猪肉菜，很丰富。<u>今年，鬼子从四月里翻天搅地，丈夫不知道到哪里去了。去年他留给她一个孩子，去年在地洞里生产下来，就死掉了。她没有力气，日子过着没心思。</u>（几笔白描，写出了北方人民在日寇强加给中国的这场战争中遭受的极度的贫穷与苦难。战场上的残酷转移到人民的日常生活中，体现为日常性的贫穷、哀伤、凄凉与恐惧，这些内容的震撼力，即使作者的语言很朴素，也不曾令其减少分毫。）

吃过中午饭，她带着老二孩子，要去娘家看看，解解闷。和公公说了说，公公也没阻挡。只说早去早回来，路上不安静。她什么也没拿，拉起孩子的手，向东走去了。孩子去姥姥家，很高兴，有一句没一句地问娘：

"今儿个八月十五吗？娘。"

"是啊！"

"叫我吃什么？"

---

❶ 秕秕的：籽实不饱满。秕，bǐ。

"什么也不叫你吃！"

她说过，又怜惜起孩子来。孩子才七岁，在炮火里跟着跑了四五年了，不该这么斥打她，就转过话来笑着说：

"还记得爹吗？"

"记得呀！"

"爹在哪里呢？"

"在铁道西啊！"

"在那里干什么？"

"打日本啊！"

娘笑了。丈夫在家就喜欢这个孩子，临走总嘱咐她好好教养着。她想，那个人倒不恋家，连对她也像冷冷的，对这个孩子却连住了心。就为这个，她竟觉着有保障了，又和孩子说：

"爹什么时候回来？"

"过年的时候回来。"

"你知道？"

"可不是，我知道。"

"爹回来干什么？"

"回来打日本。"

孩子念叨起爹那枪来。爹叫她看过枪，爹对她说枪是打日本的。她想现在日本很多了，常到村里来，爹该回来打日本了！这里日本多，不到这里打，到哪去打哩！

娘俩说着，就到了娘家村里，本来只离着三四里地。

到家里，姥姥正坐在炕上。

"你看人家多么热闹，大家也都是养儿养女的。"姥姥说，嘴角却有些讥笑。

"谁家？"女儿问。

"你婶子家。"

"热闹什么？"

"你婶子家大姐来了，她女婿也来了。"

"她女婿不是在这里当伪军？"

"现在人家敢出来了，三天一来，两天一来，来了就嘻嘻哈哈。"

姑娘想起她是和这个大姐一年出嫁的。她两个同岁，她大姐嫁了一个独生子，她也嫁了一个独生子。她大姐的女婿在绸缎店里当学徒，她的女婿在保府上中学。那年正月里，两个女婿来住丈人家。大姐的女婿好赌钱，整天在家里成局；自己的女婿好念书，整天在家翻书本。她那时候还不高兴自己的女婿这么呆气。人家那么好玩，好说笑，街上的青年子弟都找人家去热闹；自己的女婿这么孤僻，整天没个人来，只有几个老头子称赞。（此处用对比手法，写出了"丈夫"的喜好是念书、翻书本，这在妻子眼中却是呆气、孤僻的表现，妻子无法理解，这为下文妻子的思想转变做了铺垫。）她想，现在该是玩的，在学堂里有多少书念不了，倒跑到这里来用功？晚上，她悄悄地对他说：

"你也玩玩去，书里有什么好东西，你那么入迷？"

"你不知道。"

"不是我不知道，你看人家多快活？"

"你叫我和他们比呀？"

"和人家比比，你丢什么人，人家比你少什么？"

"你不懂事。"

丈夫睡了，她也不好意思再问，新婚的夫妻，她只有柔顺。夜半醒来，她又说：

"我说错了话吗？"

"你知道的事很少。"

"我怎么就知道得多了？"

"你念念书，可是来不及了。"

"我不念那个，可是，我要说错了话，你可别记在心里呀！"她靠近靠近他。

后来丈夫走了，很少家来，不在北平，就在上海。大姐的女婿却常来婶子家，穿得好，一来就住下，嘻嘻哈哈；她很羡慕大姐幸福，自己倒霉，埋怨丈夫不家来，忘了她。可是丈夫并没有忘了她，有时家来，也很爱她，她生了一个小孩，丈夫也很喜欢，只是怨她不识字，知道的事少。她说：

"你不会待在家里？"

"我不能。"

"怎么人家能呢？"

"谁？"

"大姐的女婿。"

"咳，你又叫我和他比！"

女婿又生气了。她就害怕他生气，赶紧解释：

"家里又不缺吃不缺穿，你非出去干什么？"

"你不知道。"

"你出去又不挣个大钱。"

"非挣钱不能出去吗？"

"家里不舒服？"

"不舒服。"

这回是生气了。家里不舒服，外边有什么舒服的事情？她疑心了。可是看看丈夫还是整天看书，书一箱一箱的，翻翻这本，又翻翻那本，破的就包上个皮，不嫌个麻烦。她觉得丈夫喜欢书，就像她喜欢布似的：她喜欢各色样花布，丝的，麻的，她把它们包在一个一个小包裹里，没事就翻着玩，有时找出一块来给孩子做件小衫裤，心里很高兴。她想，丈夫写字，念书，就和她找布做衣服一样。

抗战了，丈夫立时参加了军队。把洋布衣服脱下来，换上粗布军装。两条瘦腿，每天跑百几十里路，也有了劲了。她大姐的丈夫店铺叫日本鬼子抢了，也回到家来，守着女人孩子过日子，看看地，买买菜，抱抱孩子，烧烧火，替大姐做很多事。她可不明白自己的丈夫的心思，有一天她问他：

"为什么你出去受罪？"

"抗日是受罪？你真糊涂透了。"

"可是为什么人家不出去？"

"谁？"

"大姐的女婿。"

"呸，呸，你又叫我和他比。"

渐渐，<u>她也觉得丈夫不能和那个人比。村里人说自己的丈夫好，许多人找到家里来问东问西，许多同志、朋友们来说说笑笑，她觉得很荣耀。日本鬼子烧杀，她觉得不打出去也没法子过。</u>（在经历了日本侵略的种种惨痛之后，妻子逐渐开始理解并赞同丈夫。战争中的日常生活，有时比战争本身更能打动人。这正是作者要指出的主旨——抗战提高了北方农民的思想觉悟和道德水平，激发了人民真善美的品质。）大姐的女婿在村里人缘很不好，一天夜里叫土匪绑了票，后来就不敢在家里待，跑到天津去了。大姐整天哭，她没离开过丈夫，不知道怎么好。过了一年，那个人偷偷回来了；抽上了白面，还贩卖白面，叫八路军捉了，押了两个月，罚了一千块钱；他就跑到城里当了伪军，日本鬼子到他媳妇的娘家村里来抢东西，他也跟着来，戴着黑眼镜；后来，又反了正，坐在欢迎大会的戏台上看戏，戴着黑眼镜，喝着茶水，吃花生。

那天她也去看戏，有人指给她说：

"你看见那个人吗？"

"谁？"

"你大姐夫啊！你都不认识了！"

"呀，那是他？"

她脸上红红的了。

自己的丈夫越来越忙，脸孔虽然黑了，看来，倒壮实了些。仗打得越紧，她越恨日本鬼子了，他也轻易不家来了。她守着孩子过日子，侍候着公公。上冬学，知道了一些事，其中就有她以前不知道的丈夫的心里的事，现在才知道了些。

今年，日本鬼子占了县城附近的大村镇，听到她的大姐夫又当了伪军。从此，她就更瞧不起他，这是个什么人呀！今天，娘却提到了他。正提到了他，大姐就来了。大姐听说妹子来了，姐妹好几年不见面，来看望她。大姐手里托着一包点心，身上穿着花丝葛；脸孔白又胖，挺着大肚子，乍一见面很亲热，大姐说：

"你家他爹可有信？"

"没有啊！"

"说起来，人家他有志气，抗日光荣，可是留下了这些孩子们。"大姐说着就拉过孩子，叫孩子吃点心，问孩子：

"你想爹吗？"

"想啊！"

"快叫娘把他叫回来。"

"叫回来，打日本吧！"孩子兴奋地说。

大姐立时没话说，脸也红红的，像块生猪肝。姥姥也笑了。

"听说你女婿又来了。"她问。

"早走了。"

"怎么这么快就走了？"

"有事。"大姐坐不住，告辞了出去。她走到屋门口又回来，小声说："大妹子，你家他爹回来，你顺便和他学学，就说俺家他爹是不得已，还想出来的。"说过就慌慌地走了。

姥姥说：

"看起这个来可就不光荣。准是又有什么风声吓走了。"（作者花费较多笔墨详细写出这娘仨关于两家丈夫的对话，显然是与前文的对话相照应的。妻子最初对丈夫好读书、不顾家、参加抗日活动等不甚理解，但在丈夫的帮助下，在形势的教育下，她终于理解了丈夫，理解了丈夫所从事的事业，她为有这样一个丈夫感到很光荣，很自豪。）

天已经晚了，姑娘带着孩子回来，在路上，她看见一小队人背着枪过去了。她知道一到天晚，就是自己的人；也不害怕，带着孩子走过去。后来回头一看，那一小队人进了她娘家的村了。

回到村头，大孩子正在村边等，见了娘就跑上来小声说：

"大队长到咱家来了！"

"哪个大队长？"

"县游击大队长，黑脸大个子老李呀！娘忘了，去年和爹一块来拿过书，吃过羊肉饺子的。"

"说什么来？"

"有爹的信，爷正看哩。"

母子三个人赶紧到了家里，公公正坐在场里碌碡上，戴着花镜念信，见儿媳妇回来，就说：

"信来得巧，今年的节我又过痛快了！"

媳妇当然更快活，快活了一晚上，竟连那圆圆的月亮也忘了看。（又是一年中秋佳节，丈夫的来信让妻子感到无比高兴快活，表现的是人民身上的民族大义。作者旗帜鲜明地发掘和歌颂了妻子那种渐渐地心甘情愿、欢喜快乐地与民族国家整体利益保持高度一致的精神。）

➤ 赏 读

孙犁的短篇小说《丈夫》写于1943年，这时孙犁参加抗战，离开妻子，离开亲人，已有五年时间。中秋佳节，本是亲人团聚的时候，但国难未已，归期无计。在阜平的山地中，皓月当空，孙犁怀着对妻子、对亲人的浓浓的思念，写下了短篇小说《丈夫》。

孙犁很多的文学作品，例如前面的《荷花淀》《嘱咐》等，都有其妻子的身影。夫妻间的那些情致，几乎就是孙犁家庭生活的翻版。妻子去世后，孙犁曾亲口对作家韩映山说：《丈夫》是以妻子为"模特"的。

对月思乡，自古皆然，但高手自有高手的妙处。本文的构思非常巧妙，本来是自己思念妻子，却不直抒自己的思念，而是通过塑造"妻子"这一人物形象，通过对比的手法，写妻子总把自己的丈夫与大姐的丈夫做比较，在比较的过程中，她自己越来越理解丈夫，思想更加进步，直至最后以丈夫为荣，塑造了一个不断进步的妇女形象。孙犁借这个人物表现了对自己妻子的思念。

老胡的事

一天，天快黑了，老胡和他那一部分开到这村里来。老胡的住处是在一个铁匠的家里。吃过饭，他把背包、挂包、干粮袋，搬进房里去。和铁匠打了交道，把东西放在一边，就打扫起房子来。他打扫得很仔细，房顶上的灰土、蜘蛛网全扫净了，地上的东西，看看用不着全搬了出来。还有一篮破马蹄铁、一捆干豆荚、一盆谷糠，问好铁匠的女人，放在了外间。然后把土抛到远远的灰堆上去，回来打开铺盖。

等铁匠家吃过晚饭，他又去搬来一张桌子、一个高脚凳。桌子只有三条腿，他费了很大的事才把它支架起来，用白纸将桌面铺好，点上一个小灯碗。灯花很小，照在桌面上只有一个黄色的光圈；他就在这光圈里摊开了一本书。

在睡觉以前，铁匠的女人到这间屋里来坐了坐，说了几句闲话；一个十六七的姑娘在隔扇门口听着。老胡报了自己的姓名，说自己是冀中区人，工作是写字，所以离不开桌子、凳子、灯和书本。铁匠的女人说，原来和新搬走不久的老王一样，是个念书人。

第二天老胡很早就起来了。站在院子里辨别了方位，看了看这个居处的环境。三间的小屋建筑在村子的尽南端，地基很高，可以看得很远。小房向南开门，正对山谷的出口，临着中午的太阳。房子虽只有两方丈大小，却也开了两个窗户，就在西面一间的窗户下面，安着打铁的炉灶和一只新的风箱。

山谷是南北的山谷，在晋察冀倒算是一条宽的。一条狭窄的弯弯曲曲的小河在山谷中间的沙滩上，浅浅地无声地流过去。沙土浸透了许多水，山泉冒出许多水。除去夏天暴雨过后，两旁山上倒下大水，平常恐怕都是保持着三尺宽的河渠。谷的南口紧连着一条东西谷，那是大道，这样早，已经有骡马走过。大道那边是一条不高的平得出奇竟像一带城墙一样的山，而这条谷的北面，便是有名的大黑山，晋察冀一切山峦的祖宗，黑色，锋利得像平放而刃面向上的大铡刀。

这时，那个铁匠已经开开单扇的屋门走出来了。他的眼还没有完全睁开，借着清晨的雾露，恢复了精神。他虽然还只有三十几岁，却像四五十岁的人了，脸色干皱得像没发育好就遇到了酷旱的瓜皮，纵有多少雨水再给它浇灌，也还洗刷不去那上面的暗淡。又涂着一层烟灰，就更显得瘦弱。他，中等身材，却很灵活。默默地扫除了炉灶上的灰土，用一把毛柴引着火，再加上一层煤屑，拉起风箱。等到火旺了，他才唤起妻子和孩子们。

这样，过了一刻，那被铁匠叫作梅而事实上却是梅的母亲，才掩着怀出来。她长得很高大丰满，红红的脸孔，也很光润。她走过去，从丈夫手里接过风箱把，立刻，风箱的响声大了，火也更旺更红了。

太阳已经升起。老胡向南边的山坡走去。现在正是秋收快完，小麦已经开始下种的时候，坡下的地全都掘好了，挖成一条条小的密的沟，土是黑颜色，湿的。地，拿这个山坡做依靠，横的并排的，一垅垅伸到沙滩，像风琴上的键板。山坡和山坡的中间，有许多枣树；今年枣很少，已经打过，枣叶还没落，却已经发黄，黄得淡淡的，那么可爱，人工无论如何配不出那样的颜色。而在靠近村庄的楸树、香椿、梧桐、花椒、小叶杨树的中间，一棵大叶白杨高高耸起，一个喜鹊的窝巢架在枝叶的正中央，就像在城市的街道中央，一个高高的塔尖上挂了一架钟，喜鹊正在早晨的阳光和雾气中间旋飞噪叫。

到铁匠一家吃早饭的时候，老胡才看出那个叫梅的姑娘十分可爱。第一天初来，忙乱间他没注意，现在他很惊异这个女孩子的秀丽。他想，这也不过是从相貌上看，一时的印象。可是从此以后，老胡越来越觉得小梅处处好；相貌俊，不过是可喜欢的一个组成部分罢了。（作者善于通过对女性外在形体的描写来体现他眼中的女性美。用冰心的话说，就是："一看就美、越看越美。"小梅在作者的笔下体格健美，面容秀丽，十分可爱。这种外在美进一步充实了人物的内在心灵美。）

老胡，已经是三十岁开外的人了，在这一部分，他是最年长的一个。每天，除了伏在桌子上写字，就站在门口看铁匠一家打铁，或者到山坡去散步。一天，他从山沟里摘回几朵还在开放着的花，插在一个破手榴弹铁筒里，摆在桌上。小梅对这件事觉得好笑，她问：

"你摘那花回来干什么？"

老胡忙说：

"看哪，摆在桌子上不好看？"

小梅笑笑：

"那好看什么，有什么用呢？"

"好看就是它的用处啊！"

老胡也笑了。小梅走了出去，对她母亲学说了，母亲笑着说，可惜家里没有一个好看的花瓶，让胡同志来插花用。过一会，小梅拿篮子到地里去摘树叶，就顺便对老胡说：

"胡同志，你有空，还不如和我去摘树叶呢！"

小梅是她父母的长女。父母每天打马掌铁，把烧饭、打水、割柴的事，就全靠给她做了。现在秋风起来，树叶子要落了，她每天到山沟里去，摘杏叶、槐叶、楸树叶，回来切碎了，渍在缸里做酸菜。小梅对门的老太太骂她的儿子，还不如一个姑娘：小梅能爬到很高的树上去，不同别的孩子抢，默默地进行竞争；她知道哪个山沟里树多，叶子黄得晚。有时树的主人看见了，说：

"哈！小梅又弄我的树叶子了！"

小梅从树枝上俯着身子，蹙着长长的眼眉说：

"呀，我们吃点树叶还不行？你真小气！"

树主人要说：

"你摘了它的叶子，它还能长吗？"

小梅就会说：

"你不知道冬天到了，不摘，叶子也得落完了啊！春天来了，什么也少不了你的！"（在小梅与树主人简短的对话中，一个鲜活的少女形象脱颖而出，简洁的语言洋溢着一种青葱的诗意。此处的描绘，展现出一种明丽鲜亮的风格，鼓荡着的青春气息扑面而来，也含蓄地展现了人们乐观向上的精神。）

小梅的身体发育得很像她的母亲，匀整，又粗壮。她的走动很敏捷，近于一种潇洒，脚步迈出去，不像平常走路，里面有过多的愉快、希望。她的身子里好像被过多的青春鼓动，放散到一举一动上，适合着她的年岁。

她整天放下东就是西，从来看不见她停下休息。老胡全看在眼里。老胡写字写到深夜，铁匠的一家全睡熟了；铁匠有时候咳嗽，孩子有时哭，女人有时说梦话，小梅只是舒畅地甜甜地呼吸。

秋末，山风很大，风从北方刮过来，一折下那个大山，就直窜这条山谷，刮了一整夜还没停下。第二天，一起身，小梅就披上一件和她的身体绝不相称的破棉袄走出去了。那棉袄好像是她弟弟穿的，也像是她幼小时穿过的。她一边走，一边用手紧紧拉住衣角，不然就被风吹了去。里面，她还只穿着那胸前有几处破绽的蓝布褂，手里提着一个白布口袋。老胡问她母亲，知道是要去拾风落枣子，就要帮她去拾。小梅的母亲劝他穿暖和一些，不然会着凉。老胡披上他那件新发的黑布棉袄，奔到山坡上去。小梅走到山顶上了，那里风很劲，只好斜着身子走，头发竖了起来，又倒下去；等到老胡追上了，她才回头问：

"胡同志，你又去找花吗？"

老胡说要帮她去拾枣子，小梅笑了笑说：

"你不怕冷？"

风咽住她的嗓子，就赶紧回过头去又走了。老胡看见她的脸和嘴唇全冻得发白，声音也有些颤。

爬过一个山，就到了一个山沟里面，小梅飞跑到枣树丛里去。一夜风，枣树的叶子全落了，并且踪影不见。小梅跳来跳去地捡拾地下的红枣，她俯着身子，两眼四下里寻找，两只手像捡什么东西一样，拾起来就投到布袋里去。老胡也跟在后面拾。打枣时遗漏在树尖上的枣，经过了霜浸风干，就甜得出奇。小梅把这一片地里的捡完了，就又爬上一层山坡去。风把她披在身上的破袄吹落到地下，她回头望望老胡说：

"你给我拾起来拿着吧！"

老胡说：

"穿上，穿上！"

小梅只顾拾她的枣子，直到口袋满满的了，叫着老胡回来。到家里，老胡已经很疲倦，只和小梅的母亲夸了夸小梅能干，就到自己的房间里去了。小梅把枣晒到房顶上去，她母亲叫她赶紧吃饭，吃过饭把小园里的萝卜拔了，不然就冻了。

小梅在小菜园里拔萝卜，她拔得很快，又不显忙乱。然后装在篮子里提回来，坐在门限上切去萝卜茎和叶，把那些肥大白嫩的萝卜堆在她的脚下，又磨去它们的毛根。她工作着，不说一句话。（作者详细描写小梅拔萝卜的一系列动作，突出其动作的流畅、利落。作者通过描写小梅体格的健美，青春的活力来渲染一种热烈明快的氛围，酝酿一种蓬勃向上的气势，从而隐喻冀中如火如荼的革命事业。）

这样，老胡就常常想什么是爱好工作……这些事。

阴历十月底，这里竟飞了一场小雪。雪后，老胡五年不见面的妹妹，新从冀中区过来，绕道来看哥哥。这天，老胡的脸，快乐地发着红光。他拉着妹妹的手，不断就近去，用近视眼看妹妹的脸孔。他叫小鬼去买几毛钱的核桃，招待这个小的亲爱的远客。铁匠的女人也慌忙来问了，老胡向她们介绍：

"喂，房东，你看，这是咱的妹妹，今年才十七岁，可是十三岁上就参加军队了哩，在平原上跑了几个年头了！"又对靠在墙角上的小梅说："小梅，你看，我也有一个妹妹，和你同岁呀！"

妹妹也笑着说：

"哥，你房东的小姑娘多俊啊！"

老胡坐在妹妹身边，先问了相熟的同志们和家乡的情形，又问妹妹在这次反"扫荡"里的经过，什么时候过来，什么时候回去。

妹妹说，反"扫荡"开始的时候，麦子刚割了，高粱还只有一尺高。她同三个女同志在一块，其中小胡和大章，哥哥全认识。敌人合击深武饶的那天，她们同老百姓正藏在安平西南一带沙滩上的柳树林里，遍地是人，人和牲口足足有一万。就在那次小胡被俘了去，在附近一个村庄牺牲了。她同大章向任河大地区突击，夜里，在一个炮楼附近，大章又被一个起先充好人给她们带路的汉奸捉住了，她一个人奔跑了半个多月，后来找到关系，过路西来。

妹妹要赶路，说得很乱很简单。最后说，她们不久就回冀中区去，在这里只是休息休息，听一听报告……

老胡送妹妹，送了差不多有八里路才回来。别人不知道老胡心里的愉快，他好像新得到一个妹妹，不是从幼小时就要哥哥替她擦鼻涕的妹妹了，她已经不是一个孩子，是一个知道得很多又做过许多事的妹妹了。老胡兴冲冲地回来，小梅正同父亲给一个战士拉的马匹挂掌。老远就喊：

"你们看老胡可乐了，见到亲人了！"

老胡走近来笑着说：

"怎样，我这个妹妹？你也好，和她一样。你能做许多事，可是你还该向她学习，她知道很多的革命道理呀！"

他像夸奖自己的妹妹，又像安慰小梅，走到屋里去了。

这天夜里，又起了风，这间小小的、草铺顶的房子，好像要颠簸滚动起来。风呼呼地响，山谷助着声威。从窗孔望出去，天空异常晴朗，星星在风里清寒可爱。感情像北来的风，从幽深的山谷贯穿到外面：几年不见的家乡的田园，今天跟着妹妹重新来到老胡的眼前了，它带着可爱的战斗的身段，像妹妹的勇敢一样。

老胡想，初秋的深夜里，几个女孩子从一个村庄走过去，机警地跳进大道沟里去（她们已经在这平坦柔软的道路上跑过几年了）。在那时，交织在平原的胸膛上的为战斗准备的道沟，能给行进的人们一种清醒振奋的刺激。向远处望去，望过那旷漠的然而被青年男女的战斗热情充实的田园、村庄、树木、声响……人们的心就无比地扩张起来。

这一晚，老胡想得很久，灯光爆炸跳跃，桌面上的花束已经干了。那个手榴弹的弹筒，被水浸透，乌黑发光。在老胡的心里，那个热爱劳动的小梅和热爱战斗的妹妹的形象，她们的颜色，是浓艳的花也不能比，月也不能比；无比地壮大，山也不能比，水也不能比了。（作者在篇末反复抒情，再次提及富有寓意的插在破手榴弹筒上的花朵，小梅与老胡妹妹的美就水到渠成地成为冀中"青年男女"的战斗激情的象征。语言意蕴丰富，耐人回味。）

➤ 赏 读

《老胡的事》是孙犁的一篇短篇小说，主人公却是两位年轻女子：小梅、老胡的妹妹。农村青年女性一直是孙犁创作观察的兴奋点。孙犁在农村工作时，确实以很大的注意力，观察她们，接近她们，结交她们。于是，我们很容易看出，孙犁笔下的小梅和老胡的妹妹，以及其他农村女性，这群经历了战争洗礼的冀中平原的农村青年女性，洋溢着青春的热情与活力；她们具有中国女性的传统品格和美德，天真活泼，聪慧开朗，灵秀端庄，智慧勇敢，坚强乐观，爱憎分明，有着朴素的青春之美、自然之美；她们的人生悲欢被时代卷入这场关系到全民族命运的抗战中，在她们身上我们看不到战争带来的痛苦与忧伤，感受到更多的是她们的生命意义与精神在这个特定环境中的升华。

本文的语言既具有"如画性"，同时又具有"如话性"。前者是说语言吸收文人小说的创作特色，典雅明丽，如诗如画，后者是指语言口语性很强，通俗晓畅，明白如话。孙犁用两套语言并行，摹声拟态，写景状物，叙事抒情，既迎合了百姓的欣赏口味，又照顾了文人的阅读兴趣。

 邢 兰

我这里要记下这个人，叫邢兰的。

他在鲜姜台居住，家里就只三口人：他，老婆，一个女孩子。

这个人，确实是三十二岁，三月里生日，属小龙（蛇）。可是，假如你乍看他，你就猜不着他究竟多大年岁，你可以说他四十岁，或是四十五岁。因为他那黄蒿叶颜色的脸上，还铺着皱纹，说话不断气喘，像有多年的痨症。眼睛也没有神，干涩的。但你也可以说他不到二十岁。因为他身长不到五尺，脸上没有胡髭，手脚举动活像一个孩子，好眯着眼笑，跳，大声唱歌……

去年冬天，我随了一个机关住在鲜姜台。我的工作是刻蜡纸，油印东西。我住着一个高坡上一间向西开门的房子。这房子房基很高，那简直是在一个小山顶上。看西面，一带山峰，一湾河滩，白杨，枣林。下午，太阳慢慢地垂下去……

其实，刚住下来，我是没心情去看太阳的，那几天正冷得怪。雪，还没有融化，整天阴霾着的天，刮西北风。我躲在屋里，把门紧紧闭住，风还是找地方吹进来，从门上面的空隙，从窗子的漏洞，从椽子的缝口。我堵一堵这里，糊一糊那里，简直手忙脚乱。

结果，这是没办法的。我一坐下来，刻不上两行字，手便冻得红肿僵硬了。脚更是受不了。正对我后脑勺，一个鼠洞，冷森森的风从那里吹着我的脖颈。起初，我满以为是有人和我开玩笑，吹着冷气；后来我才看出是一个山鼠

出入的小洞洞。

我走出转进，缩着头没办法。这时，邢兰推门进来了。我以为他是这村里的一个普通老乡，来这里转转。我就请他坐坐，不过，我紧接着说：

"冷得怪呢，这房子！"

"是，同志，这房子在坡上，门又冲着西，风从山上滚下来，是很硬的。这房子，在过去没住过人，只是盛些家具。"

这个人说话很慢，没平常老乡那些啰嗦，但有些气喘，脸上表情很淡，简直看不出来。

"唔，这是你的房子？"我觉得主人到了，就更应该招呼得亲热一些。

"是咱家的，不过没住过人，现在也是坚壁①着东西。"他说着就走到南墙边，用脚轻轻地在地上点着，地下便发出空洞的通通的声响。

"呵，埋着东西在下面？"我有这个经验，过去我当过那样的兵，在财主家的地上，用枪托顿着，一通通地响，我便高兴起来，便要找铁铲了。——这当然，上面我也提过，是过去的事情。现在，我听见这个人随便就对人讲他家藏着东西，并没有一丝猜疑、欺诈，便顺口问了上面那句话。他却回答说：

"对，藏着一缸枣子、一小缸谷、一包袱单夹衣服。"

他不把这对话拖延下去。他紧接着向我说，他知道我很冷，他想拿给我些柴禾，他是来问问我想烧炕呢，还是想屋里烧起一把劈柴。他问我怕烟不怕烟，因为柴禾湿。

我以为，这是老乡们过去的习惯，对军队住在这里以后的照例应酬，我便说：

"不要吧，老乡。现在柴很贵，过两天，我们也许生炭火。"

他好像没注意我这些话，只是问我是烧炕，还是烤手脚。当我说怎样都行的时候，他便开门出去了。

不多会，他便抱了五六块劈柴和一捆茅草进来，好像这些东西，早已在那里准备好。他把劈柴放在屋子中央，茅草放在一个角落里，然后拿一把茅草

---

① 坚壁：藏起来使不落到敌人的手里。

做引子，蹲下生起火来。

我也蹲下去。

当劈柴燃烧起来，一股烟腾上去，被屋顶遮下来，布展开去。火光映在这个人的脸上，两只眯缝的眼，一个低平的鼻子，而鼻尖像一个花瓣翘上来，嘴唇薄薄的，又没有血色，老是紧闭着……（"我"对于邢兰的帮助起初是抱着怀疑的态度的，可是当劈柴燃烧起来，一股烟腾上去时，此时无言，却胜过千言，只有那柴火在噼噼地响。我们的人民对待子弟兵就是这样亲人般的感情啊！邢兰这一形象，以蕴藏在内心深处的美好的心灵伴着火焰升华、闪耀起来，这不能不说是作者独特的审美发现。）

他向我说：

"我知道冷了是难受的。"

从此，我们便熟识起来。我每天做着工作，而他每天就拿些木柴茅草之类到房子里来替我生着，然后退出去。晚上，有时来帮我烧好炕，一同坐下来，谈谈闲话。

我觉得过意不去。我向他说：

"不要这样吧，老邢，柴禾很贵，长此以往……"

他说：

"不要紧，烧吧。反正我还有，等到一点也没有，不用你说，我便也不送来了。"

有时，他拿些黄菜、干粮给我。但有时我让他吃我们一些米饭时，他总是赶紧离开。

起初我想，也许邢兰还过得去，景况不错吧。终于有一天，我坐到了他家中，见着他的老婆和女儿。女儿还小，母亲抱在怀里，用袄襟裹着那双小腿，但不久，我偷眼看见，尿从那女人的衣襟下淋下来。接着那邢兰嚷：

"尿了！"

女人赶紧把衣襟拿开，我才看见女孩子没有裤子穿……

邢兰还是没表情地说：

"穷的，孩子冬天也没有裤子穿。过去有个孩子，三岁了，没等到穿过裤子，便死掉了！"

从这一天，我才知道了邢兰的详细。他从小就放牛，佃地种，干长工，直到现在，还只有西沟二亩坡地，满是砂块。他小时放牛，吃不饱饭，而每天从早到晚在山坡上奔跑呼唤。……直到现在，个子没长高，气喘咳嗽……

现在是春天，而鲜姜台一半以上的人吃着枣核和糠皮。

但是，我从没有看见或是听见他愁眉不展或是唉声叹气过，这个人积极地参加着抗日工作，我想不出别的字眼来形容邢兰对于抗日工作的热心，我按照这两个字的最高度的意义来形容它。

邢兰发动组织了村合作社，又在区合作社里摊了一股。发动组织了村里的代耕团和互助团。代耕团是替抗日军人家属耕种的，互助团全是村里的人，无论在种子上、农具上、牲口、人力上，大家互相帮助，完成今年的春耕。

而邢兰是两个团的团长。

看样子，你会觉得他不可能有什么作为的。但在一些事情上，他是出人意外地英勇地做了，这，不是表现了英勇，而是英勇地做了这件事。这英勇也不是天生的，反而看出来，他是克服了很多的困难，努力做到了这一点。

还是去年冬天，敌人"扫荡"这一带的时候。邢兰在一天夜里，赤着脚穿着单衫，爬过三条高山，探到平阳街口去。敌人就住在那里。等他回来，鲜姜台的机关人民都退出去。他又帮我搁行李，找驴子，带路……

邢兰参与抗日工作是无条件的，而且在一些坏家伙看起来，简直是有瘾。

近几天，鲜姜台附近有汉奸活动，夜间，电线常常被割断。邢兰自动地担任做侦察的工作。每天傍晚在地里做了一天，回家吃过晚饭，我便看见他斜披了一件破棉袍，嘴里哼着歌子，走下坡去。我问他一句：

"哪里去？"

他就眯眯眼：

"还是那件事……"

夜里，他顺着电线走着，有时伏在沙滩上，他好咳嗽，他便用手掩住嘴……

天快明，才回家来，但又是该下地的时候了。

更清楚地说来，邢兰是这样一个人，当有什么事或是有什么工作派到这村里来，他并不是事先说话，或是表现自己，只是在别人不发表意见的时候，他表示了意见，在别人不高兴做一件工作的时候，他把这件工作担负起来。

按照他这样一个人，矮小、气弱、营养不良，有些工作他实在是勉强做去的。（没有对人民子弟兵无限的爱，邢兰的做法是令人难以想象的。如果放在一个身强力壮、吃饱穿暖的人身上，也许并不能激起读者心灵的震动，他恰恰是一个吃不饱、穿不暖的瘦小的人，一个不声不响干事业的人，这才表现出其精神高尚的极致。）

有一天，我看见他从坡下面一步一步挨上来，肩上扛着一条大树干，明显他是那样吃力，但当我说要帮助他一下的时候，他却更挺直腰板，扛上去了。当他放下，转过身来，脸已经白得怕人。他告诉我，他要锯开来，给农具合作社做几架木犁。

还有一天，我瞧见他赤着背，在山坡下打坯，用那石杵，用力敲打着泥土。而那天只是二月初八。

如果能拿《水浒传》上一个名字来呼唤他，我愿意叫他"拼命三郎"。

从我认识了这个人，我便老是注意他。一个小个子，腰里像士兵一样系了一条皮带，嘴上有时候也含着一个文明样式的烟斗。而竟在一天，我发现了这个家伙，是个"怪物"了。他爬上一棵高大的榆树修理枝丫，停下来，竟从怀里掏出一只耀眼的口琴吹奏了。他吹的调子不是西洋的东西，也不是中国流行的曲调，而是他吹熟了的自成的曲调，紧张而轻快，像夏天森林里的群鸟喧叫……（邢兰在这样的艰苦条件下，还拿着口琴吹着轻快的曲调，这是作者的高明之处。作者在这里用了极浪漫的笔法把邢兰这一形象又向极致之美推了一步，邢兰那乐观向上的美好品质清晰地展现在读者眼前。）

在晚上，我拿过他的口琴来，是一个蝴蝶牌的，他说已经买了二年，但外面还很新，他爱好这东西，他小心地藏在怀里，他说："花的钱不少呢，一块七毛。"

我粗略地记下这一些。关于这个人，我想永远不会忘记他吧。

他曾对我说："我知道冷是难受……"这句话在我心里存在着，它只是一句平常话，但当它是从这样一个人嘴里吐出来，它就在我心里引起了这种感觉：

只有经受寒冷的人，才贪馋地追求一些温暖，知道别人的冷的感觉；只有病弱不幸的人，才贪馋地拼着这个生命去追求健康、幸福……只有从幼小在冷淡里长成的人，他才爬上树梢吹起口琴。

记到这里，我才觉得用不着我再写下去。而他自己，那个矮小的个子，那藏在胸膛里的一颗煮滚一样的心，会续写下去的。

➤ 赏 读

《邢兰》这篇短篇小说不过几千字，却深深打动着每一位读者的心。邢兰身上的勤劳、善良、乐于助人、乐观向上的品质，不恰恰是中华民族的传统美德吗？一篇短的小说，竟能体现出如此深刻的主题，这不能不说是作者孙犁的审美趣味起的决定性作用。

孙犁一直根据自己在冀中参加抗战的经历，深情讴歌战争中的人情美与人性美。他毫不吝啬地饱蘸浓墨，深情赞颂那些接受了革命思想、支持共产党、对未来充满信心的新型农民，邢兰就是这样一位代表性人物。本文通过邢兰不怕费柴为"我"生火取暖、积极帮助抗战、吹口琴等事情塑造邢兰的形象，表现他勤劳、热情、乐观等精神品质，而这些都不是说教式的，而是通过一些微小的生活细节描写完成的，既自然又深刻。

在萧条粗砺的时代背景下，这样的一个短篇，篇幅虽小却荡着波澜，简淡却透着浓浓韵味，文字不事雕琢，朴质本真，却让人深深感怀。它的温暖，透着人性质朴之美。这样一个邢兰，读之，我们不由得生出几许爱和崇敬之情。

 齐满花

还是赵家的事。

赵家的二儿妇叫齐满花，结婚的那年是十八岁。她娘家是东关，有一个姐姐嫁在这村，看见赵家的日子过得不错，就叫媒人来说，赵家也喜欢满花长得出众，这门亲事就定准了。

那时赵家二儿子在部队上，驻防山海关，大伯给他去了一封信，征求意见，他来信说可以，腊月初八就能到家。大伯为了办事从容，把喜日子定在了腊月二十。家里什么都预备好了，单等着娶。腊月初八，儿子没有回来，家里还不大着急，十五来了一封信，说是不回来了，这才把大伯急坏，闹了一场大病。（小说开篇就抛出一个戏剧冲突——婚期定好了，新郎却没有回家。作者间接说明了赵家二儿子为了革命事业舍小家顾大家的高尚品格。）大娘到满花娘家去说，提出两个办法，一个是退婚，一个是由小姑玉采代娶，娘家和满花商量，结果是同意了第二个办法。

过门以后，一蹭过年，大娘就带着满花，来到秦皇岛。大娘是带着一肚子气来的，一下火车，才知道光带了信瓤，没带信封，儿子的详细住址是写在信封上的。婆媳两人很着急，好在路上遇到两个买菜的部队上的炊事员，一提儿子所在部队的番号，他们说：

"打听着了，跟我们来吧。"

到了部队上，同志们招待得很好，有的来探问满花是什么人，知道是送新媳妇来了，大家就争着去找老二。

老二从外面回来，看见母亲身边站着满花，第一句话是：

"你们想拖我的后腿吗？"（看到远方赶来的亲人，赵家二儿子的第一句话却是埋怨，意外之余又在情理之中——进一步刻画了赵家二儿子保家卫国的崇高品德，他深知国与家的关系，国家利益与个人利益的关系。）

第二句就笑了：

"娘，你们累不累呀？"

部队上帮助结了婚。夫妻感情很好，星期天，儿子带着满花到山海关照了一个合影，两个人紧紧坐在一起。满花没有这么坐惯，她照的相很不自然，当把这个相片带回家来，挂在屋里的时候，她用丈夫另外一张小相片，挡住了自己。

我第一次到赵家的时候，大娘领我看了看她二儿子的照片，大娘当时叫满花摘下来，小镜的玻璃擦得很明亮。

大娘经常教导儿媳妇的是勤俭，满花也很能干，家里地里的活全不辞辛苦。她帮着大伯改畦上粪，瓜菜熟了，大伯身体不好，她替大伯挑到集上去。做饭前，我看到过她从井里打水，那真是利索着哩！

大伯家村边这块园子里，有一架水车。村西原有大沙岗，大伯圈起围墙，使流沙进不到园里。这菜园子收拾得整齐干净漂亮，周围种着桃树，每年春天，她家桃花总是开得特别繁密，紫一块，红一块，在太阳光下，园子里是团团的彩霞。水车在园子中间，小驴拉得很起劲。

园子里从栽蒜起就不能断人，菜熟了每天晚上整菜，桃熟了，要每天早起摘桃。从四月起，大伯大娘就在园里搭个窝棚睡觉，在旁边放上一架纺车。满花在园里干活，汗湿了的褂子脱下来，大娘就在井台上替她洗洗，晒在小驴拉的水车杠上，一会就干。

园里的收成很好，菜豆角，她家园里的能长到二尺来长，一挑到南关大集上，立时就被那些中学和荣军院的伙食团采买员抢光了，大伯和满花在集上吃碗面条儿，很早就回来了。只是豆角变卖的钱，就可以籴下一年吃不清的麦子。五月鲜的桃，她家园里也挂得特别密，累累的大桃把枝子坠到地面上来，如果不用一根木叉早些支上，那就准得折断。用大伯摘桃时的话来讲，这桃树是没羞没臊地长呢！（作者有着丰富的农村生活经验，并将这些经验点缀在作品的字里行间，具有清新的乡土气息，显得质朴、自然，与小说情节结合得浑然天成。）

这都因为是一家人，早起晚睡，手勤肥大。

谁也羡慕这块园子，如果再看见满花在园里工作，那就谁也羡慕这年老的公婆能娶到这样勤快美丽的媳妇，真比一个儿子还顶用！

每年正月，大娘带满花到部队上去一趟。一年，满花带回丈夫送给她的一只小枕头，一年带回来一条花布棉被。

满花的姐姐，和满花只隔一家人家，可是，要去串门，绕两个胡同才能走到。拿这姐妹两个相比，那实在并没有任何相似之点。姐姐长得丑陋，行为不端。她的丈夫，好说诳言大话，为乡里所不齿。夫妻两个都好吃懒做。去年冬天，嚷嚷着要卖花生仁，摘借了本来，一家人就不吃白粥饭，光吃花生仁。丈夫能干吃一斤半，老婆和他比赛，不喝水能吃二斤。几天的工夫就把老本吃光了。今年又要开面馆，也是光吃不卖。自己还吹嘘有个吃的命，原因是过去每逢吃光的时候，曾赶上过反黑地和平分，现在把分得的东西变卖完了，又等着"入大伙"，两口子把这个叫作吃"政策"。自然，他们将来一定要受到教训的。但是，这夫妇两个确也有些骗吃骗穿的手段。去年过年的时候，她家没有喂猪，一进腊月，男的就传出大话说：

"别看俺们不喂猪，吃肉比谁家也不能少。"

腊月二十九那天晚上，满花到姐姐家去串门，果然看见她家煮了一大锅肉，头蹄杂碎，什么也有。满花是个孩子，回来就对婆婆说：

"看人家俺姐姐家，平日不爬猪圈，不捣猪食，到年下一样地吃肉。"

大娘正在灶火坑里烧火，一听就很不高兴地说：

"那你就跟着他们去学吧！"

平日婆媳两个，真和娘和闺女一样，说话都是低言悄语的，这天大娘忽然发脾气，满花走到自己房里哭了。

不多一会，西邻家那个嫂子喊起来，说是满花的姐夫骗走了她家的肉，吵了一街的人。满花为姐姐害羞，一晚上没出来。但事情过了以后，满花还是常到姐姐家去，大娘对这一点，很有意见，她说他们会把满花教唆坏了。

满花家园里，什么树也有，就是缺棵香椿树。去年，在集上卖了蒜种，满花买了两棵小香椿，栽到园里墙边上。她浇灌得很勤，两棵小树，一年的工夫，都长得有她那样高。冬天，她怕把树冻坏，用自己两只旧鞋挂在树尖上，因为小香椿就是一根光杆。今年开春，有一天，我在南关集上买回一小把香椿芽儿，吃鲜儿。满花看见了，说：

"我那香椿也该发芽了，我去看看。"

不看还好，一看把她气得守着树哭了起来。不知道是谁，把树尖上的香椿芽儿全给掰了去，只有一棵上，还留着一枝叶子，可怜得像小孩们头上的歪毛。她忍不下，顺着脚印找了去，看到她姐姐正在切香椿拌豆腐呢。她们大吵一顿。从此，姐妹两个才断了来往，就是说，根绝了一个恶劣环境对一个劳动女孩子的不良影响。

现在，满花更明白，勤劳俭朴就是道德的向上。她给远在前方的丈夫写了一封信。

➤ 赏 读

《齐满花》讲了一个青年农村媳妇齐满花的故事。新婚的时候，新郎没有露面；接下来的每一年，只有正月才能去部队探望丈夫。余下的时间，她和公婆一起勤俭持家、耕作劳动，和她姐姐的好吃懒做形成鲜明的对比。一个十分简短的故事，读来却回味无穷。

残酷的烽火岁月，却使人民的精神品质和民族勤劳勇敢的优良传统得到了充分发扬。孙犁为之感动，于是他着力描写和赞扬故乡的风光美和人情美，并塑造出齐满花这样善良淳朴的农村妇女形象。这个经历了战争洗礼的冀中平原的农村青年女性，洋溢着青春的热情与活力，具有中国妇女的传统品格和美德。她天真活泼，聪慧开朗，灵秀端庄，智慧勇敢，坚强乐观，爱憎分明，有着朴素的青春之美、自然之美，她的人生悲欢被时代卷入这场关系到全民族命运的抗战中，在她身上我们看不到战争带来的痛苦与忧伤，感受到的更多的是她的生命意义与精神在这个特定环境中的升华。

第8课：中考名著常考
题型分析1

曹蜜田和李素忍

读者看题目，以为我要讲说一对青年男女的浪漫故事。事实上，他两个已经结了婚，在一座小房里过着日子。

我们是说他两口子怎样生产的故事。这或者比恋爱故事更有意义。

在张敖，提起劳动互助，应该首先提到李三同志。他是张敖村互助组的发起人和组织家，曹蜜田的小组就是他帮助组织起来的，这已经是三年前的事。

曹蜜田的爹是个赌徒，他糟了家业，至少是没有给孩子们留下家业。曹蜜田从小就给人家做活，扛长工，在旧社会里受尽苦养不了家。直到八路军来，实行了实物工资制，改善了工人待遇，才赎回了几亩地。

一九四三年，他接受了李三的劝告，六个人组织了一个互助组。刚组织起来，没有经验也没有制度，为了刨山药，小组就几乎垮了台。

先是老问刨山药刨了一半，第二天大家就议合开始集体。本来应该先帮老问刨完山药，可是老昌愿意先刨自己的。老问说："我刨了一半，不能给他刨。"老昌就老实不客气地说："那么咱们就各人刨各人的吧。"

这一年，老问、老友、老永就退出了互助组。曹蜜田还是要组织，他吸收了老尊和二虎，并且说明要接受去年的经验教训。

经验并不容易接受，建立了批评制度，还是不能根绝纠纷。

老关是个木匠，以他做师傅，曹蜜田他们开了个木货厂。一天晌午，二虎他娘要打场，辘轴元子坏了一根乘子。老关在那里路过，二虎他娘说："你来，给我安上这根乘子。"因为是二虎的娘，老关就忘了和人家互助着哩，他说："没空！"就走了。老婆子自己安上了乘子，并且告诉了二虎。

又一天老关从地里背回一筐草，放在梢门下面。

看见二虎走过，他就说："二虎，来和我铡了这筐草。"二虎扬长不理地走过去，说："没空！"老关说："你干什么哩？"二虎说："晌午了，又饥，又渴，吃饭去！"

晚上，老关对曹蜜田说："这是什么互助组，我叫他和我铡一筐草，他就不干！"曹蜜田对二虎说："就是三筐青草也该帮他铡了，再去吃饭。"二虎说："这是我的缺点，可是你知道我为什么不帮他铡草？"一说原委，老关也承认了错误。

锄地的时候，二虎虽然年轻，可是抢不下班来。他从小跑天津，干的是拉洋车，锄起地来，爱饥，爱腰痛，又怕热，懒得帮助别人，也羞于请别人帮自己，不愿意集体。曹蜜田又耐心劝说他。

曹蜜田坚持着互助的方针。有一个人因为短见退出了，他就演说互助组的远景，激励同组的人。

好像我们还没提到他的老婆。我到她家里，她正在吃中午饭，然后匆匆忙忙地对丈夫说："我到组里去了！"

夫妇两个全不过二十多岁。屋里虽是破东烂西，但是可以看出有吃有穿。别人家墙上贴画片，他家柜面挂着好几张供销合作社的股金单。这小小的家庭，正奔着一个新鲜的方向滚动。

曹蜜田参加了战勤队，在驻在地推广了加速轮，引起了当地居民的爱戴，已经登了报。丈夫出外当了模范，李素忍在街头接了担架队，服侍伤员。她们有组织地、鸦雀无声地、热心关注地给伤员们洗脸、喂饭、拆洗衣被。

夫妻们好像暗暗地在那里挑战立功。但当我向曹蜜田打听他老婆的模范事迹时，他说这几天生产很忙，还没顾着问她，他指给我他老婆的小组。

➤ 赏 读

　　《曹蜜田和李素忍》这个标题，如同作者自己所说，望之以为是一对青年男女的恋爱故事。实则不然，小说主要描述的是曹蜜田不断生产、觉悟，与妻子李素忍共同进步立功的过程。这篇小说更像是作者和读者在唠家常，娓娓述说着自己的平日见闻。

　　孙犁是热爱生活的，正因为热爱生活才能描绘出众多独特生动的人物形象。所以他在创作作品时，尽力去发现和描写有关农村生活中体现真善美的事物，小说主人公曹蜜田夫妇就是这样积极进取、争当模范的新型农民形象。小说没有曲折的故事情节，没有复杂的战争描写，而是更多地展示战争中人物的心灵美，却自有一种吸引人的神奇力量。

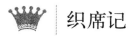 织席记

　　真是一方水土养一方人。我从南几县走过来，在蠡县、高阳，到处是纺线、织布。每逢集日，寒冷的早晨，大街上还冷冷清清的时候，那线子市里已经挤满了妇女。她们怀抱着一集纺好的线子从家里赶来，霜雪粘在她们的头发上。她们挤在那里，急急卖出自己的线子，买回棉花；赚下的钱，再买些吃食零用，就又匆匆忙忙家去了。在回家的路上，太阳才融化了她们头上的霜雪。

　　到端村，集日那天，我先到了席市上。这和高、蠡一带的线子市，真是异曲同工。妇女们从家里把席一捆捆背来，并排放下。她们对于卖出成品，也是那么急迫，甚至有很多老太太，在乞求似的召唤着席贩子："看我这个来呀，你过来呀！"

　　她们是急于卖出席，再到苇市去买苇。这样，今天她就可解好苇，甚至轧出眉子，好赶制下集的席。时间就是衣食，劳动是紧张的，她们的热情的希望永远在劳动里旋转着。

　　在集市里充满热情的叫喊、争论。而解苇，轧眉子，则多在清晨和月夜进行。在这里，几乎每个妇女都参加了劳动。那些女孩子们，相貌端庄地坐在门前，从事劳作。

这里的房子这样低、挤、残破。但从里面走出来的妇女、孩子们却生得那么俊，穿得也很干净。普遍的终日的劳作，是这里妇女可亲爱的特点。她们穿得那么讲究，在门前推送着沉重的石砘子。她们的花鞋残破，因为她们要经常在苇子上来回践踏，要在泥水里走路。

她们，本质上是贫苦的人。也许她们劳动是希望着一件花布褂，但她们是这样辛勤的劳动人民的后代。

在一片烧毁了的典当铺的广场上，围坐着十几个女孩子，她们坐在席上，垫着一小块棉褥。她们晒着太阳，编着歌儿唱着。她们只十二三岁，每人每天可以织一领丈席。劳动原来就是集体的，集体劳动才有乐趣，才有效率，女孩子们纺线愿意在一起，织席也愿意在一起。问到她们的生活，她们说现在是享福的日子。（当十几个女孩子一起晒着太阳，一边唱歌，一边织席，谁能不被她们的青春朝气所感染呢？作者着力描绘出了一个青春女性集体劳动的典型场景，有描写，有记叙，有回忆，让人在不经意间看到了解放区火热的生活场景和喜人局面。）

生活史上的大创伤是敌人在炮楼"戳"着的时候，提起来，她们就黯然失色，连说不能提了，不能提了。那个时候，是"掘地梨"的时候，是端村街上一天就要饿死十几条人命的时候。

敌人决堤放了水，两年没收成，抓伕①杀人，男人也求生不得。敌人统制了苇席，低价强收，站在家里等着，织成就抢去，不管你死活。

一个女孩子说："织成一个席，还不能点火做饭！"还要在冰凌里，用两只手去挖地梨。

她们说："敌人如果再待一年，端村街上就没有人了！"那天，一个放鸭子的也对我说："敌人如果再待一年，白洋淀就没有鸭子了！"

她们是绝处逢生，对敌人的仇恨长在，对民主政府扶植苇席业，也分外感激。公家商店高价收买席子，并代她们开辟销路，她们的收获很大。

生活上的最大变化，还是去年分得了苇田。过去，端村街上，只有几家

---

① 抓伕：旧军队强迫老百姓充当夫役，亦作"抓夫"。

地主有苇。他们可以高价卖苇，贱价收席，践踏着人民的劳动。每逢春天，穷人流血流汗帮地主去上泥，因此他家的苇子才长得那么高。可是到了年关，穷人过不去，二百户穷人，到地主家哀告，过了好半天，才看见在钱板上端出短短的两戳铜子来。她们常常提说这件事！她们对地主的剥削的仇恨长在。这样，对于今天的光景，就特别珍重。

➤ 赏 读

　　《织席记》这篇散文以叙事为主，用速写的手法对白洋淀水乡女性的织席劳动做了一个群像式的概括描绘。孙犁由席市写起，从农民卖席，带出编席，掺杂过去织席的回忆，忆苦思甜，以此歌颂解放区生活的变化。

　　文章用"真是一方水土养一方人"这句俗语开头，说明不同地方的劳动女性都有自己的劳作特长，旱地产棉区的女性擅长织布，而水乡白洋淀的每个女性几乎都会织席。织席的工作干起来很辛苦，白天织席，晚间、清晨解苇、轧眉子，集日还要把一捆捆席子背去叫卖，作者对白洋淀的劳动女性倾注了非常真切的喜爱之情，而劳动也给她们以很大的乐趣。

　　孙犁的作品大都以其家乡冀中平原的农村为背景，生动地再现了不同时期农村丰富多彩的斗争生活，塑造了不少劳动人民的形象，具有浓郁的乡土气息。他的散文既具有小说的故事性和鲜明的艺术性，又具有浓厚的抒情意味，题材平凡，寓意深刻。茅盾曾经赞美道："多风趣而不落轻佻。"这篇《织席记》便是作者的散文代表作之一。

山里的春天

这天，从家乡来了一个人，谈了半天家里的事，我很快乐。我很惦记家里的生活问题，他说一切很好。我高兴地要请他吃饭，跑着各家去买鸡蛋，走到一个人家，一个年轻的女人正坐在炕沿上，哭丧着脸，在她怀里靠着一个五六岁的女孩子。我说：

"老乡，有鸡蛋啊，卖给咱几个？"

她立时很生气地喊叫起来：

"没有！还有什么鸡蛋？"（作者在此处抛出一个矛盾冲突，旨在说明农民地位在抗日战争中虽然得到提升，但并不意味着他们愚昧、落后等劣根性就能够自动消除。能够使农民始终坚定地与革命站在同一阵营的关键是——改造他们的思想，进行革命政治宣传，下文二人的对话就显示了这一点。）

我说：

"我是问一问你，没有就算了么！"

她还是哭丧着脸不答理。我走出来，心里想这才没的事哩！忽然她把我叫回去说：

"桌子上那小罐里有两个鸡蛋，是留来给小妮煮着吃的，你拿去吧。"

我一看她忽然又变得这样，莫名其妙，又一想，我说：

"给孩子吃的，放着吧，我到别人家去买吧。"

我走了出来，吃过午饭，送走客人，村长来找我，说是叫我去给一家抗

属①翻沙，家具他也拿来了，就带我走。我两个走到村东，过了河滩，到了一块方方的堆着石沙的地里，村长说：

"就是这块地，男人到咱们队伍上去了，这块地去年叫水冲了，你给她把这沙子挑到四边去，好种玉茭子②。辛苦你了，回头我叫她给你送水来。"

说完，村长笑一笑走了。我把军装上衣脱下，同皮带手枪挂在地边的一棵小枣树上。这时已是暮春三月，枣树快要长叶，河滩上的一排大杨树，叶子已经有铜钱大了，绿油油的。

我开始把沙子翻起来，然后铲到筐里，挑到地边，堆成土埝，叫夏天的水冲不到地里来。

今天工作很高兴，一大担沙土挑起来，也觉得轻松。我想山里的土质坏，还费这么大劲；我家里那三亩菜园，出产多么大啊，够他娘两个吃的了。

起晌的时候，我看见远远地走来一个妇女，左手拉着一个小孩，右手提着一把水壶，我想是主人家给我送水来了，走近一看，原来就是上午为买鸡蛋和我吵嘴的那女人。她一见是我，脸上有点下不来，后来才说：

"原来求的是你啊！"

我说：

"原来是你的地啊！"

她把水壶放下，对我说：

"同志，休息一下吧。我和你谈谈。"

我说：

"谈什么呀？"

她说：

"上午，你赶得不巧，我正生气。你看人家有人的，有的种地了，咱这地还没起沙子。前半天，我拉着孩子来一看这个地这样费劲，一个女人和一个孩子怎么会种上，就生起气来，正在心里骂我们当家的，撇下大人孩子不管，你就来了，我那时一看见你们这当兵的就火了。"

---

❶ 抗属：抗战家属的简称。❷ 玉茭子：玉米。

我说：

"我们当兵的可没得罪你呀。"

她说：

"你没得罪我，我是恨我们那个当兵的。"

我问：

"他走的时候没告诉你？"

她狠狠地说：

"人家会告诉咱？头一天晚上，人家说去报个名，一去就没回家。第二天，我到区里去给人家送衣服鞋袜，人家还躲着不见哩。"（通过对女人语言的描写，完整交代了女人生气的根本原因。作者不去接触特别奇特或特别重大的题材，他所叙述的常常是一个普通的农村家庭，在某一种政治号召下的，合情合理的自然反应，反倒更加凸显故事的真实性。）

我一听她这样说，想起自己从军的事，笑了。那一年，我们全村的青年抗日先锋队说到村外开会，排上队就去参加了学兵营，家里人听见，急了，母亲们说："你们再到家里睡一夜再走，没人拉你们啊！"可是我们谁也不听，头也不回跑了。第二天，媳妇们也凑了一队，仗着胆子，给我们送衣服，我们藏起来，叫她们放下回去。她们说："只是见一下，谁拖你们的尾巴哩。"可是我们死也不见。

我喝了几口水，就又开始翻沙。在挑的时候，女人已经拿起铁铲，替我装筐。她看我能挑那么重的东西，就问：

"你在家里也种地？"

我说：

"种地，我有三亩菜园子。"

她又问：

"家里有大人孩子吗？"

我说：

"有，一个老婆，一个女孩子，今年六岁了。"

她惊异地看了看我，又叹了一口气说：

"都是这样的吗？你就不惦记你的大人孩子，她们在家里不骂你呀？"

我说：

"她不骂我，今天才从我们家乡来了个人，她还捎口信给我说：'好好抗日，不要想家，你抗日有了成绩，我和孩子在家里也光荣，出门进门，人家都尊敬。'"

我说到这里，那女人脸红了一下，她说：

"呀，你家里的进步！"

我说：

"我们那里有敌人，村边就是炮楼，她们痛苦极了，她恨敌人，就愿意我在外面好好抗日。"

女人说：

"有人给她种地吗？"

我说：

"家乡来的人说：一到春天，不用她说话，就有人给她种上了，一到该锄苗的时候，不用她说话，就有人给她锄去了；秋天，她的粮食比起别人，早打到屯里。我在家的时候，是我一个人种地，忙得不行，现在是有好多人给她耕种。我们八路军的弟兄，比亲弟兄还亲，他们在那里驻防，打敌人，知道我不在家，就会替我去种上地，照顾我的大人孩子，和我在家一样。"

这时候，这女人才真正眉开眼笑了，她说：

"刚才我还觉得辛苦你，自己不落意，这样一说，你和我们当家的是一家人，他要住在你们村里，也准得给你家里去帮忙吧？"

我说：

"一定，我们八路军就是这样一个天南海北的大家庭。你明白这个道理，你就不用惦记他，他也就不再惦记你们了。"

这时候，女孩子跑到那小枣树下面，伸手去够那枪，又回过头来望望我，望望她母亲。我放下担子过去，哄着她穿上我那军装上衣，系上皮带，把枪放在她那小手里，那孩子就像一个小战士一样，紧紧地闭着小嘴。对面的母亲，响亮地笑了。

赏 读

　　《山里的春天》是孙犁的一篇短篇小说，反映了当时的时代背景和那时人民的生活。作者突出了农村正在掀起的新风尚、新伦理道德，其内涵主要有三点：以参军、拥军为荣，以破坏抗日行动为耻；以积极抗日为荣，以消极抗日为耻；以革命进步为荣，以封建落后为耻。

　　在本篇中，女人是抗属，孤身一人带着女儿，身单力薄又没个男劳力，地里的活一点都没动，不免对抛家弃子当兵在外的丈夫有些怨言。在"我"和女人的交谈过程中，"我"家里的给"我"捎来的话和女主人公的脸红，无疑传达出两个信息：一是"我"家里的女人以男人在外抗日为荣，并受到村里人的尊敬和帮助；二是作为主人公的女人对比"我"家里的女人的做法，为自己思想的"落后"而感到不好意思。这两个信息告诉我们，新的风尚和习俗——支持抗日是一种光荣，已慢慢成为一种生活常规固定下来，人们逐渐用这个来约束自己的言行。纵然有千般不舍，在抗日这个大背景下，为了集体和个人的利益，女人们唯一正确的选择就是支持丈夫们的决定和选择，这也是孙犁着重赞美的地方。

第9课：中考名著常考
题型分析2

战 士

那年冬天，我住在一个叫石桥的小村子。村子前面有一条河，搭上了一个草桥。天气好的时候，从桥上走过，常看见有些村妇淘菜；有些军队上的小鬼，打破冰层捉小沙鱼，手冻得像胡萝卜，还是兴高采烈地喊着。

这个冬季，我有几次是通过这个小桥，到河对岸镇上，去买猪肉吃。掌柜是一个残废军人，打伤了右臂和左腿。这铺子，是他几个残废弟兄合股开的合作社。

第一次，我向他买了一个腰花和一块猪肝。他摆荡着左腿用左手给我切好了。一般的山里的猪肉是弄得粗糙的，猪很小就杀了，皮上还带着毛，涂上刺眼的颜色，煮的时候不放盐。当我称赞他的肉有味道和干净的时候，他透露聪明地笑着，两排洁白的牙齿，一个嘴角往上翘起来，肉也多给了我一些。

（作者用清丽、清新的语言，白描式的手法，描绘了一个干净、清爽、聪明的男子形象，给人留下美好的印象，引起读者的阅读兴趣。）

第二次，我去是一个雪天，我多烫了一小壶酒。这天，多了一个伙计：伤了胯骨，两条腿都软了。

三个人围着火谈起来。

伙计不爱说话。我们说起和他没有关系的话来，他就只是笑笑。有时也插进一两句，就像新开刃的刀子一样。谈到他们受伤，掌柜望着伙计说：

"先还是他把我背到担架上去，我们是一班，我是他的班长。那次追击敌人，我们拼命追，指导员喊，叫防御着身子，我们只是追，不肯放走一个敌人！"

"那样有意思的生活不会有了。"伙计说了一句，用力吹着火，火照进他的眼，眼珠好像浮在火里。掌柜还是笑着，对伙计说："又来了。"

他转过头来对我："他沉不住气哩，同志。那时，我倒下了，他把我往后背了几十步，又赶上去，被最后的一个敌人打穿了胯。他直到现在，还想再干干呢！"

伙计干脆地说：

"怨我们的医道不行么！"

"怎样？"我问他。

"不能换上一副胯骨吗，如能那样，我今天还在队伍里。难道我能剥一辈子猪吗？"

"小心你的眼！"掌柜停止了笑对伙计警戒着，使我吃了一惊。

"他整天焦躁不能上火线，眼睛已经有毛病了。"

我安慰他说，人民和国家记着他的功劳，打走敌人，我们有好日子过。

"什么好的生活比得上冲锋陷阵呢？"他沉默了。

第三次我去，正赶上他两个抬了一筐肉要去赶集，我已经是熟人了，掌柜的对伏在锅上的一个女人说：

"照顾这位同志吃吧。新出锅的，对不起，我不照应了。"

那个女人个子很矮，衣服上涂着油垢，正在肉皮上抹糖色。我坐在他们的炕上，炕头上睡着一个孩子，放着一个火盆。

女人多话，有些泼。她对我说，她是掌柜的老婆，掌柜的从一百里以外的家里把她接来，她有些抱怨，说他不中用，得她来帮忙。

我对她讲，她丈夫的伤，是天下最大的光荣记号，她应该好好帮他做事。

这都是一年前的事了。第四次我去，是今年冬季战斗结束以后。一天黄昏，我又去看他们，他们却搬走了，遇见一个村干部，他和我说起了那个伙计，他说：

　　"那才算个战士！反'扫荡'开始了，我们的队伍已经准备在附近作战，我派了人去抬他们，因为他们不能上山过岭。那个伙计不走，他对去抬他的民兵们说：'你们不配合子弟兵作战吗？'民兵们说：'配合呀！'他大声喊：'好！那你们抬我到山头上去吧，我要指挥你们！'民兵们都劝他，他说不能因为抬一个残废的人耽误几个有战斗力的，他对民兵们讲：'你们不知道我吗？我可以指挥你们！我可以打枪，也可以扔手榴弹，我只是不会跑罢了。'民兵们拗他不过，就真的带好一切武器，把他抬到敌人过路的山头上去。你看，结果就打了一个漂亮的伏击战。"

　　临别他说：

　　"你要找他们，到城南庄去吧，他们的肉铺比以前红火多了！"

➤ 赏　读

　　《战士》讲了一位无名战士的故事。这位无名战士，从出色的战士到卖肉的普通人，又从"隐士"到优秀的指挥员，故事虽短，却震撼人心。有句话说得好："有一个道理不用讲，战士就该上战场，好钢就该铸利剑，好兵就该打硬仗。"孙犁在小说中十分亲切地娓娓道来，如叙家常，刻画了一位把自己交给了"冲锋陷阵"的战争生活的真正的战士形象。

　　小说中没有描写正面的交火或肉搏，而是通过人物对话交代故事的来龙去脉，塑造战士渴望到战场上杀敌立功的形象。作者把正面描写和侧面描写相结合，一边通过掌柜的话回忆战士的英勇事迹，一边通过战士对医道的抱怨突出他对重回战场的渴望，而且，小说末尾又有一个精彩情节——战士在担架上指挥战斗并取得胜利，到此，一个渴望为民杀敌的勇敢、智慧的无名战士形象鲜明地展现在读者面前。

识字班

鲜姜台的识字班开学了。

鲜姜台是个小村子，三姓，十几家人家，差不多都是佃户，原本是个"庄子"。

房子在北山坡下盖起来，高低不平的。村前是条小河，水长年地流着。河那边是一带东西高山，正午前后，太阳总是像在那山头上，自东向西地滚动着。

冬天到来了。

一个机关住在这村里，住得很好，分不出你我来啦。过阳历年，机关杀了个猪，请村里的男人坐席，吃了一顿，又叫小鬼们端着菜，托着饼，挨门挨户送给女人和小孩子去吃。

而村里呢，买了一只山羊，送到机关的厨房。到旧历腊八日，村里又送了一大筐红枣，给他们熬腊八粥。（*机关和乡民之间相亲相爱、互帮互助，作者对比着传递出了解放区老百姓翻身当家做主、投身新社会的高涨热情和巨大变化。*）

鲜姜台的小孩子们，从过了新年，就都学会了唱"卖梨膏糖"，是跟着机关里那个红红的圆圆脸的女同志学会的。

他们放着山羊，在雪地里，或是在山坡上，喊叫着：

鲜姜台老乡吃了我的梨膏糖呵，

五谷丰登打满场，

黑枣长得肥又大呵，

红枣打得晒满房呵。

自卫队员吃了我的梨膏糖呵，

帮助军队去打仗，

自己打仗保家乡呵，

日本人不敢再来烧房呵。

妇救会员吃了我的梨膏糖呵，

大鞋做得硬邦邦，

当兵的穿了去打仗呵，

赶走日本回东洋呵。

而唱到下面一节的时候，就更得意洋洋了。如果是在放着羊，总是把鞭子高高举起：

儿童团员吃了我的梨膏糖呵，

拿起红缨枪去站岗，

捉住汉奸往村里送呵，

他要逃跑就给他一枪呵。

接着是"得得呛"，又接着是向身边的一只山羊一鞭打去，那头倒霉的羊便咩的一声跑开了。

大家住在一起，住在一个院里，什么也谈，过去的事，现在的事，以至未来的事。吃饭的时候，小孩子们总是拿着块红薯，走进同志们的房子："你们吃吧！"

同志们也就接过来，再给他些干饭，站在院里观望的妈妈也就笑了。

"这孩子几岁了？"

"七岁了呢。"

"认识字吧？"

"哪里去识字呢！"

接着，边区又在提倡着冬学运动，鲜姜台也就为这件事忙起来。自卫队的班长，妇救会的班长，儿童团的班长，都忙起来了。

怎么都是班长呢？有的读者要问啦！那因为这是个小村庄，是一个"编村"，所以都叫班。

打扫了一间房子，找了一块黑板——那是临时把一块箱盖涂上烟子的。又找了几支粉笔。定了个功课表：识字，讲报，唱歌。

全村的人都参加学习。

分成了两个班：自卫队、青抗先一班，这算第一班。妇女、儿童团一班，这算第二班。

每天吃过午饭，要是轮到第二班上课了，那位长脚板的班长，便挨户去告诉了。

"大青他妈，吃了饭上学去呵！"

"等我刷了碗吧！"

"不要去晚了。"

当机关的"先生"同志走到屋里，人们就都坐在那里了。小孩子闹得很厉害，总是咧着嘴笑。有一回一个小孩子小声说：

"三槐，你奶奶那么老了，还来干什么呢？"

这叫那老太太听见了，便大声喊起来，第一句是："你们这些孩子！"第二句是："人老心不老！"（鲜活的语言，鲜活的人物。文章先写了冬天鲜姜台村的生活情况，随后写了群众参加冬学运动的态度和表现，特别是三槐奶奶参加识字班，别人问时，她老人家的回答直接表明了鲜明的进步态度，让人印象深刻。）

还是先生调停了事。

第二班的"先生"，尽先是女同志来担任，可是有一回，一个女同志病了，叫一个男"先生"去代课，一进门，女人们便叫起来：

"呵！不行！我们不叫他上！"

有的便立起来掉过脸去，有的便要走出去，差一点没散了台，还是儿童团的班长说话了：

"有什么关系呢？你们这些顽固！"

虽然还是报复了几声，可也终于听下去了。

这一回，弄得这个男"先生"也不好意思，他整整两点钟，把身子退到墙角去，说话小心翼翼的。

等到下课的时候，小孩子都是兴头很高的，互相问：

"你学会了几个字？"

"五个。"

可有一天，有两个女人这样谈论着：

"念什么书呢？快过年了，孩子们还没新鞋。"

"念老鼠！我心里总惦记着孩子会睡醒！"

"坐在板凳上，不舒服，不如坐在家里的炕上！"

"明天，我们带鞋底子去吧，偷着纳两针。"

第二天，果然"先生"看见有一个女人，坐在角落里偷偷地做活计。先生指了出来，大家哄堂大笑，那女人红了脸。

其实，这都是头几天的事。后来这些女人们都变样了。一轮到她们上学，她们总是提前把饭做好，赶紧吃完，刷了锅，把孩子一把送到丈夫手里说：

"你看着他，我去上学了！"

并且有的着了急，她们想："什么时候，才能自己看报呵！"（作者逐步写出了这群参加学习的妇女的态度转变——从对男老师上课有意见，到几天后却变样了，提前做饭赶紧吃完，刷锅急着上学，暗暗赞扬了她们在大环境的改变下也能够提高自己的觉悟的转变。）

对不起鲜姜台的自卫队、青抗先同志们，这里很少提到他们。可是，在这里，我向你们报告吧：他们进步是顶快的，因为他们都觉到了这两点：

第一，要不是这个年头，我们能念书？别做梦了！活了半辈子，谁认得一个大字呢！

第二，只有这年头，念书、认字，才重要，查个路条，看个公事，看个报，不认字，不只是别扭，有时还会误事呢！

觉到了这两点，他们用不着人督促，学习便很努力了。

末了，我向读者报告一个"场面"作为结尾吧。

晚上，房子里并没有点灯，只有火盆里的火，闪着光亮。

鲜姜台的妇女班长，和她的丈夫、儿子们坐在炕上，围着火盆。她丈夫是自卫队，大儿子是青抗先，小孩子还小，正躺在妈妈怀里吃奶。

这个女班长开腔了：

"你们第一班，今天上的什么课？"

"讲报说是日本又换了……"当自卫队的父亲记不起来了。

妻子想笑话他，然而儿子接下去：

"换一个内阁！"

"当爹的还不如儿子，不害羞！"当妻的终于笑了。

当丈夫的有些不服气，紧接着：

"你说日本又想换什么花样？"

这个问题，不但叫当妻的一怔，就是和爹在一班的孩子也怔了。他虽然和爹是一班，应该站在一条战线上，可是他不同意他爹拿这个难题来故意难别人，他说：

"什么时候讲过这个呢？这个不是说明天才讲吗？"

当爹的便没话说了，可是当妻子的并没有示弱，她说：

"不用看还没讲，可是，我知道这个。不管日本换什么花样，只要我们有那三个坚持，它换什么花样也不要紧，我们总能打胜它！"

接着，她又转向丈夫，笑着问：

"又得问住你：你说三个坚持，是坚持些什么？"

这回丈夫只说出了一个，那是"坚持抗战"。

儿子又添了一个，是"坚持团结"。

最后，还是丈夫的妻、儿子的娘、这位女班长告诉了他们这全的："坚持抗战，坚持团结，坚持进步。"（妇女班长和丈夫、儿子在一起交流学习情况，讨论"三个坚持"，这个鲜活的镜头充分展现了解放区广大群众积极向上的精神面貌和较高的思想觉悟，而且突出了女班长这位农村进步女性的先进的政治觉悟。）

当盆里的火要熄下去，而外面又飘起雪来的时候，儿子提议父、母、子三个人合唱了一个新学会的歌儿，便铺上炕睡觉了。

躺在妈妈怀里的小孩子，不知什么时候撒了一大泡尿，已经湿透妈妈的棉裤。

➤ 赏 读

《识字班》一文是孙犁于20世纪40年代完成的，旨在描写军民在火热的战斗、生产之余积极读书学习的场景。本文写得清新朴素，优美动人，是一篇激荡着时代风云、蕴含着哲理意味的作品。

文章主要通过场景描写来表现人物，比如写儿童团团员赶羊唱歌谣的场景来表现儿童过上新生活的开心愉悦。通过描写几个妇女学识字的场景，前后对比，突出她们的进步。最后则通过一家三口共同学习的场景来展现人们如火如荼的学习热情。

文章是孙犁在解放区采访过程中的所见、所闻、所感、所想之作。没有刻意的雕琢，没有特别的修饰，拈手而来，随意写出，字里行间，传递出解放区老百姓翻身当家做主人，投身新社会的高涨热情和巨大变化。虽然是文学作品，却是真切记录了解放战争时期广大农村群众的思想境界和生产生活全貌，是全面反映那个时代火热生活的镜子。

⊙ 我的读后感

读《白洋淀纪事》有感

在冀中平原上，有一个地方，叫白洋淀，用那里的芦苇做的席子非常好。就在这个地方，抗日的烽火曾经悄悄蔓延，熊熊燃烧。这一切被作家孙犁用优美而朴素的语言写到了《白洋淀纪事》里。

读完《白洋淀纪事》，我发现里面有平凡的农民与村级干部的互助互利，落后分子与积极分子的矛盾，以及游击队员对家乡的思恋……平静的日子却掩盖不住人民在中华人民共和国成立前生活的苦难与凄凉，抗战的热情洋溢与军民之间的鱼水深情，以及中华人民共和国成立后人民翻身做主的欢乐。

董存瑞炸碉堡可歌可泣，黄继光堵枪眼让人感动，狼牙山五壮士的奉献自我更让人深受震撼……革命的胜利，就是建立在这样平凡而伟大的数百万人民子弟兵身上的，就是建立在艰苦奋斗、对革命有着不灭的热忱的游击队员身上的，更是建立在成千上万的帮助解放军、热爱共产党的人民身上的。如果说英雄们是一盏盏光芒四射的明灯，驱散了四周的阴霾，那么觉悟了的人民群众就是缓缓升起的朝阳，让黑暗无所遁形。

《白洋淀纪事》就是讲述千千万万小人物事迹的一本书。这里，有人民热切照顾负伤的八路军时的嘘寒问暖，也有游击队员冲锋时嘹亮的军号；有人民被地主土豪欺压时的哀号，也有胜利时军民快乐的欢呼；有批斗乡绅土豪时愤怒的叫喊，也有对落后分子的认真开导。他们是普通人，过着平凡的生活。但是，一到山河破碎、硝烟四起的时候，人人都拿起了武器，人人都成了战士。就是这千千万万的群众和英勇抗战的子弟兵还了我们一个完整的家园。

革命也走过弯路，根据地也被扫平过，但是在幕后的人民却从没有放弃对美好未来的希望。军队在前方奋战，群众在后方助劲，军民群结，赢得胜利，赢得希望。

时间流逝，历史渐渐模糊了面容，但是，请不要让他们平凡却伟大的事迹，随着时间一同逝去！请记住他们，这些给了我们新生活的伟大的人！

读书 与 思考

❶ 孙犁是"荷花淀派"的创始人，请简单介绍一下"荷花淀派"。

❷ 读《白洋淀纪事》，你最喜欢哪一篇，为什么？

❸ 孙犁的作品以诗情画意的语言著称，请举例说明。

❹ 在《老胡的事》这一篇中，老胡将在山沟里采的花插到破手榴弹铁筒里是为了好看，最后又说热爱劳动的小梅和参加战斗的妹妹比花还美。这样写有什么意义？

答案示例

① 荷花淀派是以孙犁为代表的一个当代文学流派。其主要作家还有刘绍棠、从维熙、韩映山等。荷花淀即白洋淀，这一流派得名，不但缘于白洋淀这个地方，也缘于孙犁的短篇小说《荷花淀》。这一派作家的共同特色是着力追求诗情画意之美，早期作品都吐露出华北的泥土和水乡的清新气息。

② 我最喜欢《荷花淀》。一是因为它塑造了一批活泼、勇敢、有主见，勇于追求进步的农村妇女形象，让人感受到积极向上的力量，非常具有感染力。二是因为这篇文章虽然写革命战争，但是却写得诗情画意。作者怀着对所生活过的地方的热爱，用内心的深情和诗意的语言写这里的人与物，冲淡了战争的残酷，展示了人物的美好，可谓战争题材作品里独树一帜的经典。

③ "她像坐在一片洁白的雪地上，也像坐在一片洁白的云彩上。她有时望望淀里，淀里也是一片银白世界。水面笼起一层薄薄透明的雾，风吹过来，带着新鲜的荷叶荷花香。"这段选自《荷花淀》的文字运用比喻的手法，干净简洁的语言，营造了静谧、清新的意境，给人诗情画意的感觉。

④ 老胡是一个热爱生活的人，尽管战争残酷，但是他还是能够在战争中发现美，表达对美的热爱，野花在他心中就是一种美。然而，经过和小梅的接触和与妹妹的再次相见，他发现了这两个女孩身上的活力，她们热爱生活、勇于追求的精神感染了他，所以他觉得她们是比花更美的一种美。

读者反馈卡

感谢您购买《语文新课标必读丛书 孙犁经典作品选·白洋淀纪事》，祝贺您正式成为了我们的"热心读者"，请您认真填写下列信息，以便我们和您联系。您如有作品和此表一同寄来，我们将优先采用您的作品。

读者档案

姓名＿＿＿＿＿＿＿＿　　年级＿＿＿＿＿＿＿＿

电话＿＿＿＿＿＿＿＿　　QQ号码＿＿＿＿＿＿＿

学校名称＿＿＿＿＿＿＿＿＿＿＿＿＿＿＿＿＿

班级＿＿＿＿＿＿＿　　邮编＿＿＿＿＿＿＿＿

通信地址＿＿＿＿＿省＿＿＿＿＿市（县）＿＿＿＿＿区

（乡/镇）＿＿＿＿＿＿＿街道（村）

任课老师及联系电话＿＿＿＿＿＿＿＿＿课本版本＿＿＿＿＿＿

您认为本书的优点是＿＿＿＿＿＿＿＿＿＿＿＿＿＿

您认为本书的缺点是＿＿＿＿＿＿＿＿＿＿＿＿＿＿

您对本书的建议是＿＿＿＿＿＿＿＿＿＿＿＿＿＿＿

＿＿＿＿＿＿＿＿＿＿＿＿＿＿＿＿＿＿＿＿＿＿＿

您在使用过程中发现的错误，可另附页。

联系我们：北教小雨文化传媒（北京）有限公司

地址：北京市北三环中路6号北京教育出版社

邮编：100120

联系人：北教小雨编辑部

联系电话：010－82012300

邮箱：beijiaoxiaoyu@163.com

*此表可复印或抄写寄至上述地址

编者声明

本书的编选，参阅了一些报刊和著作。由于联系上的困难，我们与部分作者未能取得联系，谨致深深的歉意。敬请原作者见到本书后，及时与我们联系，以便我们按国家有关规定支付稿酬并赠送样书。

联系人：北教小雨编辑部

地　　址：北京市北三环中路6号北京教育出版社

邮　　编：100120

电　　话：010-82012300